KB162941

너무 다른, 너무 같은
두 남자 이야기

너무 다른, 너무 같은 두 남자 이야기

초판 1쇄 발행 | 2017년 3월 7일
초판 3쇄 발행 | 2018년 2월 20일

지은이 | 최낙정
펴낸곳 | 함께북스
펴낸이 | 조완욱

등록번호 | 제1-1115호
주소 | 412-230 경기도 고양시 덕양구 행주내동 735-9
전화 | 031-979-6566~7
팩스 | 031-979-6568
이메일 | harmkke@hanmail.net

ISBN 978-89-7504-659-9 03810

무단 복제와 무단 전재를 금합니다.
잘못된 책은 바꾸어 드립니다.

이 도서의 국립중앙도서관 출판예정도서목록(CIP)은 서지정보유통지원시스템 홈페이지(http://seoji.nl.go.kr)와 국가자료공동목록시스템(http://www.nl.go.kr/kolisnet)에서 이용하실 수 있습니다.(CIP제어번호: CIP2017005206)

너무 다른, 너무 같은
두 남자 이야기

전 해양수산부 장관
최낙정 지음

함께
BOOKS

떠난 남자와 남은 남자

아직도 인간 노무현에 대한 기억이 진하게 남아 있다. 그와의 만남을 기억할 때마다 가슴이 찡해진다. 그와 공직을 함께 한 것은 내 인생의 큰 축복이요, 행운이었다.

난세는 영웅을 만들고 또 영웅은 난세를 헤쳐나갈 길을 만든다. 역사는 반복되거나 때로는 후퇴하는 것 같아도 아주 미세하게라도 앞으로 나아간다. 노무현이 대통령의 꿈을 꿀 때, 나는 그의 꿈이 이루어질 가능성은 크지 않다고 보았다. 그래도 그가 꿈을 이룬다면 반칙이 없는 사회, 성실하게 노력하는 사람이 제대로 대우받는 멋진 나라가 될 것이라고 기대했다.

노무현의 그 꿈이 내 눈앞에서 이루어지는 것을 보았다. 그때 나는 국민의 위대함을 절감했다. 그러나 그가 대통령은 되었지만 내가 생각했던 사회, 기대한 나라는 오지 않았다. 오히려 거대한 저항에 부딪혀 상처만 커졌다.

나는 대중은 이상적인 꿈보다는 현실의 빵을 더 중시한다는 사실도 알게 되었다. 나의 빵을 더 키우겠다는 욕심이 앞선 나머지 경제를 더 성장시키겠다는 거짓 공약에 빠져들었고, 그 결과 더 작아진 빵을 들고 혼자 먹겠다는 욕구만 키우는 결과를 가져왔다.

거짓으로 집권한 세력은 자신들의 거짓이 세상에 알려지는 것이 가장 두렵다. 그리하여 끊임없이 진실을 감추려고 한다. 그 진실이 가려져야, 거짓을 진실이라고 포장할 수 있으니까. 거짓은 진실을 가장 무서워한다.

노무현은 그들에게 눈엣가시 같은 진실이었다. 그들은 노무현에게 자신들과 같은 거짓이라는 포장을 씌우고 싶었다. 자신들에게 보내는, 국민의 두려운 의심의 눈을 돌리고 싶었을 것이다. 그러나 노무현은 '운명이다'라는 말을 남기고는 지사의 길을 가며 대한민국 역사의 방향을 바꿔놓았다. 국민들은 애통해했지만 저들은 먹잇감을 좀 더 물고 뜯고 즐겼어야 했기에 아쉬워했다. 그들은 노무현의 상대가 안 되는 인간들이었다. 휘어지지 않는 그래서 부러질 수 없는 노무현의 성품을 간과한 것이다.

4년 전, 국민 모두가 100% 행복한 대한민국이라는 말에 속고, 날조된 '종북'이라는 프레임에 함몰되어 절망적인 선택을 했다. 그 결과 국민들은 분노했고, 예상했던 대로 박근혜의 집권 후, 정의의 물줄기는 역류하여 역사는 뒤로 돌아서 공포와 공작정치가 난무하는 유신독재 시절로 돌려놓았다.

이제 대통령직을 도둑맞은 문재인이 다시 대통령직에 도전한다고 한다. 재수하며 많은 공부를 한 것 같다.

4년 전, 운명에 순응하여 끌려 나오다시피 했는데 지금은 그의 눈빛이 다르다. 나라를 다시 세우고 역사의 물줄기를 다시 넓은 바다를 향하게 돌려놓겠다고 한다. 그가 다시 국민의 부름을 받을 수 있었던 것은, 두 번의 잘못된 선택에 대한 국민 스스로의 자성 같은 것이 아니었을까.

18대 대선은 국민들에게 큰 상처로 남았다. 그럼에도 불구하고 우리는 일어서야 한다. 위기에 강한 것이 대한민국이다. 어쩌면 더 큰 그림이 준비되어 있기에 우리는 그날 패배를 맛봤어야 했는지도 모른다.

모든 권력은 국민에게서 나온다, 대한민국의 주권은 국민에게 있다는 평범한 진실을 절실하게 깨달은 것이다.

두 사람의 리더십을 비교하면 노무현은 저돌적이고 직설적이다. 마음에 들지 않으면 마음에 들지 않는다고 그 얼굴이 바로 말해준다. 그리고 말과 행동으로 바로 실행한다.

문재인은 전형적인 팔로어형이다. 먼저 남의 말을 잘 듣는다. 끝까지 듣고 나중에 자기 생각을 이야기한다. 웅변형이 아니라 대화형이다. 그리고 신중하고 사려 깊다.

노무현은 누가 시켜서 억지로 할 경우 얼굴에 그대로 드러난다. 솔직하다. 문재인은 싫으면 행동으로 옮기지 않는다. 자신 속에서 한

번 걸러진 정제되지 않은 말을 쏟아내는 경우는 거의 드물다. 그래서 두 사람은 정반대 스타일의 상대를 그렇게 좋아했는지 모른다.

노무현의 열정은 용광로처럼 뜨겁다. 강철을 녹여낸다. 섣불리 잘못 접근했다가는 데일 수 있다. 문재인의 열정은 차분하고 냉철하다. 절대로 먼저 흥분하는 법이 없다. 그런 사람들이 어떻게 대한민국의 대통령이 되고 또 후보가 되었을까? 운명이다! 이렇게밖에 달리 표현할 길이 없다.

이제 노무현은 이 세상에 없지만 문재인은 현실의 사람이다. 우리는 기성정치에 염증을 느끼고 신물이 난다고 하면서도 정치에 미련과 희망을 버리지 못한다. 정치경험은 부족하지만 때가 묻지 않은 의욕적인 사람을 보면서도 저래서야 험난한 정치판을 어떻게 헤치고 극복할 수 있을지를 먼저 걱정한다. 허튼 정치 경험보다 중요한 것이 진정성이라는 사실을 우리는 종종 망각하는 것 같다.

작년 여름, 문재인과 울릉도와 독도를 여행하며 2박 3일 동안 함께 먹고, 자고 하며 가까이에서 그를 지켜보았다. 자유로운 영혼으로 여행하고 사진작가로서 유유자적한 삶을 살고 있는 내가 미안함을 느끼는 시간들이었다.

권모술수에 능하지 않고 원칙과 정도를 무기로 자리를 지킨다는 것은 쉽지 않은 길이다. 문재인은 혼자 수행원 없이도 다니고, 차를 직접 운전하고, 혼자 밥을 지어 먹기도 한다. 몸집 가볍게 하는 방법도 터득한 것 같다. 가까이에서 지켜본 그는 선한 선비다. 그리고 자연과 생명을 정말 사랑하는 마음씨 고운 착한 남자다. 그리고 문명의 이기보다는 자연 속에서 불편함을 즐기는 여유롭고 넉넉한 마음을 가진 남자다. 난 그가 화를 내거나 흥분하는 모습을 아직까지는 보지 못했다. 아무리 정적이라 하더라도 개인적으로나 공개적으로 심한 말을 하는 것도 듣지 못했다. 그렇다고 좋은 게 좋은 거라며 적당히 타협하며 넘어가는 것도 보지 못했다.

노무현, 그가 생각날 때마다 글을 써왔다. 오랜 시간 그에게 편지 쓰듯 글을 써왔는데 글을 읽어줄 그는 없다.

요즘 광화문에는 매주 토요일 촛불이 타오르고 있다. 새로운 시대를 열어갈 인물은 도덕적으로 흠결 없는 사람이었으면 좋겠다.

구시대의 막내 노무현이 새 시대의 큰 아이 문재인에게 역사를 넘겨주는 과정을 함께 해보자며 부족한 글을 세상에 내놓는 수고를 아끼지 않은 함께북스 안승철 실장, 조완욱 대표에게 고마움을 표한다.

2017년 봄을 기다리며
남한산성 자락 위례에서

목차

8장 문재인과 독도

1장
내가 만난 노무현

1988년 노무현은 통일민주당의 공천 제안을 받고 부산 동구에 출마, 제13대 국회의원에 당선되었다. 이후 '5공비리조사특위'의 청문회 활동에서 정주영, 장세동 씨 등에 대한 증인 신문에서 일약 청문회 스타로 부각됐다. 이후 1990년 1월의 3당 합당에 반대하여 노무현은 당 잔류를 선언하면서, 민주당 창당의 주역이 됐다.

노무현과의 첫 만남

1999년 당시 서울 종로 지역구 국회의원 노무현이 내가 청장으로 재직하는 부산해양수산청을 방문하겠다는 연락이 왔다. 총선에서 부산 출마를 결심하고 여론도 살펴볼 겸 부산 신항 개발 건으로 대기업인 S사와 D사가 대립하고 있는 상황에서 정부의 공사 발주가 지연되고 있는 사태를 해결할 방도를 찾기 위함 같았다. 그런데 알아보니 우리 청사에 있는 기자실에만 들른다는 것이었다.

내가 준비할 것이 있는지 확인했더니 없다고 했다. 어떻게 할까 고민이 되었지만 평소 내 스타일대로 그냥 무시하기로 했다. 공식적으로 부산해양수산청을 방문하는 것이 아니라 '기자실에서 용무만 보고 가겠다'는 그의 방문에 큰 관심이 없었다. 그런데 그날 내 방문이 열리더니 "노무현 의원님이 오셨습니다!" 하는 비서의 보고와 함께 노무현 의원이 불쑥 들어왔다. 그와의 첫 만남이었다.

노무현 의원 : 청장님 실에는 안 들르려고 했는데 기자실만 왔다 가는 것은 예의가 아닌 것 같아서 잠시 들렀습니다.

"잘 오셨습니다. 어떻게 오셨습니까?"

노무현 의원 : S사와 D사의 싸움 때문에 부산 신항 개발이 지연되고 있어 걱정이 많습니다. 비록 정부의 공사발주는 D사가 땄습니다만 S사가 이에 반발하여 소송을 제기했으니 우리 정치권에서는 D사가 이를 포기하고 민자 공사를 맡고 있는 S사가 일괄하여 공사를 진행하는 것이 효율적이라고 보고 있습니다.

"저는 정치권의 판단은 잘 모릅니다. 다만 조달청이 공고한 정부 공사를 D사가 합법적으로 계약을 체결했고 민자 공사를 담당한 S사가 소송을 제기해 놓은 상태에서 비록 신항 공사가 늦어진다 하더라도 공식적으로 개입하기는 어려울 것 같습니다."

노무현 의원 : 부산 신항 공사가 지연되면 국가적으로 큰 손실입니다. 공사가 빨리 재개될 수 있도록 정부가 앞장서야 할 것입니다.

"원칙적으로는 동의합니다만 대기업간의 민사상 이해관계가 극한 대립하고 있어 이를 정치적으로 어느 한쪽으로 조정하려고 하면 분명 특정 기업체의 편을 든다는 오해의 소지도 있습니다. 특히 S사라면 더욱 심각하겠죠."

노무현 의원 : 그래도 부산 신항 공사의 조속한 재개는 시급합니다. 만약 S사가 정부공사를 수주하지 못한 것을 구실로 부산신항 민자개발을 포기하면 어떤 대안이 있나요?

"그럴리는 없겠지만 정부가 직접 공사하면 됩니다."

그와의 첫 만남의 대화를 이렇게 기억한다. 그 뒤 나를 '여당의 중진 국회의원을 제대로 영접하지도 않고 태도가 불손한 건방진 공무원'이라고 평가했다는 뒷말이 있다지만 그에게 직접 듣지는 못했다.

그 이후 노무현은 당선이 보장되는 종로구를 포기하고 부산 강서에서 국회의원에 출마하게 된다. 그곳은 부산 신항 개발지역이 포함되어 있어서 정치적 관심사로 떠올랐다. 그 당시 신항 예정지구는 어민들의 어업권 보상이 완료되어 어민들은 더 이상 어업에 종사할 수 없었다.

그러나 신항 공사가 지연됨에 따라 재개될 때까지 한시적으로 어업활동을 허용해 달라는 어민들의 요구가 거세어졌고 그 당시 여당인 민주당뿐 아니라 야당인 한나라당도 이를 적극적으로 요구하였다.

여러 경로를 통해 이를 허용해달라는 민원이 빗발치던 시기에 노무현 후보 사무실에서 연락이 왔다. 이 건으로 토론을 하고 싶은데 청장이 직접 올 필요는 없고 담당 책임자를 후보 사무실로 보내달라는 것이었다. 나는 현장의 책임을 맡고 있는 부산항 건설사무소장을 보냈다. 후보 사무실에 갔다 온 사무소장은 "다시는 재론하지 못하도록 단호하게 거절했다"고 자랑삼아 보고했다. 노 후보 측에서는 무척 분개하였다고 한다. 어민의 입장을 고려하지 않고 공사 편의만 고집하는 관료주의적이 발상이라는 것이다.

부산에 출마한 노무현 후보는 처음에는 잘 나갔지만 그도 결국 높은 지역장벽 앞에서 무릎을 꿇었다. 낙선한 그가 해양수산부 장관이 될지 모른다는 보도를 접하고는 나는 내심 긴장했다.

결국 그는 해양수산부 장관으로 발탁되었다. 해양수산부 장관은 취임 직후 부산을 먼저 방문하는 것이 관례였는데 행정편의주의에다 관료주의적 발상의 공무원으로 찍힌 내 마음은 좀 복잡했다.

그러나 솔직히 나는 그때 그의 부임을 냉소적으로 받아들였다. 청문회로 유명해진 정치 스타 한 사람이 험지에 출마하여 낙마한 위로 차원으로 장관에 임명되어 잠시 머물다 떠날 사람으로 생각했다.

당시 나의 몸과 마음은 지쳐있었고 공직이란 자리에서 이미 마음이 떠나 있었다. 영국에서 해양법을 전공하고 한국에서 박사학위를 받았기에 '아아, 잘 됐다! 이제 학교에서 학생들을 가르치며 풍요로운 삶, 인간다운 삶을 즐기자.'는 생각이 있었기 때문이었다. 여러 곳에 자리를 알아보던 중 수도권의 모 대학교에서 전임으로 오라는 연락을 받고 연구실까지 배정받아 퇴임 일정을 저울질하는 시기였다.

당시 나의 보직은 부산해양수산청장이었으니 일반직 공무원으로는 갈 데까지 갔고 해양법의 전문가로서 비전문가인 윗선의 지시를 감당할 의욕도 없고 해서 '이 정도면 공직은 충분하다!'고 생각했다. 그래서 장관으로 내려온다는 사람에 대해서도 '전문성도 없는 또 한 사람의 정치인이 내려오는구나!'라고 생각했다.

그래도 호기심과 기대는 남아 있었다. 정치 일번지라는 종로 국회의원 당시 갑작스런 방문으로 대면하기는 하였지만 텔레비전이나 신문에서 본 그의 인상이 나쁘지 않았기 때문이다. 특히 '청문회 스타', '인권운동가'라는 타이틀에 호감이 갔고 그런 사람이 해양수산부를 어떻게 이끌 것인지 궁금했다.

서울의 본부로부터 여러 가지 이야기들이 들려오기 시작했다.

"긴장하라, 만만치 않다!"

"수위 아저씨들 보다 더 고개숙여 인사한다. "

"역대 정치인 출신 장관들과 많이 다를 것이다."

"거침없고 겁이 없다."

"민원인들과 정면으로 부딪히며 대화한다."

"질문을 많이 하니 철저히 대비하라!"

그가 부산에 오는 날짜가 드디어 잡혔다. 해양수산부 장관은 부산에 제일 먼저 내려와서 업무를 보고받고 상황을 점검하는 것이 관례였다. 부산이 해양의 중심도시이기 때문이다. 그런데 의외의 지시가 떨어졌다. 다른 기관장은 각자 하던 일을 하고 부산해양수산청장인 나만 공항으로 나오라는 것이었다. 관련 단체나 기관의 장들이 전부 공항에 나가서 영접하는 것이 지금까지의 관행이었다. 공항에 갔더니 그렇게 당부했는데도 눈도장을 찍기 위해서인지 기어코 나온 기관장도 있었다.

그와 함께 공항에서 청사로 오는 길은 무척이나 길었다. 그의 질문 공세가 끝도 없이 이어졌다. 따로 업무보고가 필요 없을 정도였다. 나는 호기심 많은 아이가 꼬치꼬치 묻는 물음에 친절히 설명해주는 엄마처럼 하나하나 소신껏 답해주었다. 그는 어떤 사안에 대해서는 행정적 판단과 정무적 판단을 구별하여 말해 달라는 주문도 했다. 난 해양수산부 소속 공무원의 입장과 국민이라는 공익적 입장을 구별하여 보고했다.

청사로 오는 차 안에서 어지간한 업무보고는 거의 다 한 것 같다. 그는 사소한 것 하나라도 건성으로 넘어가지 않았다. 확실하게 이해되지 않을 경우 계속 물었다. 너무 많이 묻는 게 미안해서인지 아니면 대답하는 나의 태도가 건방지다고 느껴졌는지 "이렇게 기초적인 사항도 모르는 사람이 장관이라니 우습지요?" 하며 반문하는 경우도 있었다.

그는 일단 정리가 되었다 하면 무섭게 밀어붙이는 게 특기였다. 관계기관과의 협의가 필요한 사항에 대해 "관계기관의 실무자가 반대한다."고 말하면 직접 그 실무자를 만나러 가는 통에 어떤 때는 당혹스럽기까지 했다. "장관님, 이렇게 다른 부처의 실무자를 만나는 건 의전 문제도 있거니와 우리 실무 담당자를 무시하는 결과가 되기도 하니 제발 참아 달라."고 하면 "알았다!"고 하면서 바로 실무자에게 전화해서는 "절대 무시해서 그러는 게 아니고 성질이 급해서 그런 것이니 오해하지 말라!"고 당부했다.

그는 출신 지역이나 대학에 대한 편견이 없었다. 그냥 일 잘하면 누구나 함께 일할 수 있다는 생각을 가진 사람이었다. 늘 진지했고 실용을 추구했다. 핵심을 단번에 파악하는 능력과 나름대로의 철학과 소신이 뚜렷했다. 하지만 의견이 다른 경우 상대가 누구든 설득하기 위해 최선을 다했다. 그와 일하면서 힘든 면도 있었지만 즐거웠다. 장관의 신분으로 자신의 일에 이렇게 관심을 가지고 신명나게 일하는 사람은 처음 보았기 때문이다.

그는 장관 앞이라고 기죽지 않고 자신의 의견을 당당하게 말하는 사람을 좋아했다. 그는 옳지 않다고 생각하는 일과 싫은 것은 면전에서 바로 말하니 장관 앞이라 위축되었던 사람은 더욱 위축될 수밖에 없었다. 그는 그렇게 쩔쩔매는 것은 열심히 공부하지 않았거나 준비가 부족해서이니 더욱 철저히 준비하고 학습하라고 요구했다. 회의 중에도 분위기는 활발했지만 우리들은 긴장의 끈을 놓을 수 없었다. 어떤 질문이나 질책이 불시에 쏟아질지 모르기 때문이다.

그는 매사에 완벽을 추구했다. 지금 당장 실현하기 어려운 문제라 하더라도 완벽한 청사진을 제시하고 구체적인 대안을 추구했다. 실현 불가능한 일이라고 판단하여 뒤로 미루어둔 골치 아픈 정책들을 끄집어내어 정면 돌파를 두려워하지 않았다. 실무자들은 그의 계획과 구상을 따라가기에 숨이 찼다. 하지만 시간이 흐를수록 그와 함께 일하는 것이 즐거웠다. 공직에 대한 갈등으로 탈출을 꿈꾸던 나는 일에 매달려 살았다. 나의 진정한 보스를 드디어 만난 것이다.

토론이 사라진 9년

토론은 민주주의의 성숙도를 가늠하는 잣대라 할 만큼 민주주의의 꽃이다. 토론이야말로 정치를 바로 이끄는 소통의 수단이다. 토론을 통해 고대 그리스의 문화발전과 서양의 근대 시민혁명, 프랑스의 68혁명 등이 촉발되었고 민주주의 실현을 가져왔다.

그리스가 민주주의를 꽃피울 수 있었던 것은 정치적·경제적·사회적·법적 주요 사안에 대해서 토론을 의사결정의 수단으로 인식하고 이를 활용해 왔기 때문이다. 영국과 미국에서 근대 민주주의가 태동할 수 있었던 것 역시 토론 문화가 있었기 때문이다.

노무현은 토론을 아주 좋아했다. 해양수산부 장관 시절 노무현은 어떤 문제이든지 토론의 대상에 올려놓고 집단토론이나 개별 토론을 즐겼다. 강자로서 내 뜻을 따르라 하는 윽박지르기 식 토론이 아

24

니라 계급장 내려놓고 자유로운 분위기에서 서로의 생각들을 가감 없이 나누기를 좋아했다. 그리고 스스로 완벽히 이해될 때까지 질문하고 또 질문했다. 변호사이기 때문인지 아주 논리적인 사고체계가 완벽하게 갖추어져 있고 내가 옳다고 생각하면 누구든지 토론으로 설득할 수 있다는 강한 자신감을 보여주기도 했다. 그리고 상대의 합리적인 논리에 잘 설득당할 줄도 알았다.

노무현에게 붙는 수식어인 '말짱, 토론의 달인, 토론 선수' 등은 그저 언변만을 두고 하는 말이 아니다. 노무현은 진정성 있는 태도로 자신의 생각을 전달하고 상대의 말을 경청함으로써 대중의 공감과 지지를 이끌어낼 수 있는 탁월한 식견과 능력을 갖추었다.

그와 토론하고자 하면 우선 실력과 배짱을 가져야 한다. 나는 20여 년 일해 온 해양 분야의 지식과 경험에 관한 한 내가 한수 위라고 생각했다. 그래서 일단 강한 어조로 자신 있게 상대가 대든다고 느낄 정도로 밀어붙였다. 대체로 나의 전임 상관들은 이럴 경우 무척 싫어했다. 상사의 권위에 도전한다며 불쾌감을 표시하고는 했다.

대통령이 되고서도 노무현은 토론공화국으로 만들고자 했다. 우선 국무회의를 청와대에서 직접 주재하며 주요사안을 토론에 붙였다. 또 사전에 예고되지 않는 사안도 가져와 자유롭게 국무위원들의 의견을 들었다. 이러다 보니 국무회의 시간이 무척 길어졌다. 노무현 대통령 주재 국무회의가 열리는 날이면 뒤의 일정을 여유 있게 잡아야 했다. 대통령도 뒤에 긴급한 일정이 아니면 미루면서 주요사안에 대한 토론에 열중했다. 또 몇 가지 중요한 사안에 대해서는 관계부처 장관들을 따로 청와대 집무실로 불러 토론을 하곤 했다. 청와대 참모들과는 더했다. 매일 토론의 연속이었다. 모두가 철학과 방향을 공유할 때까지 계속되었다. 미국과 FTA협정에 대한 정책 결정과정에서도 찬반의 자유로운 토론이 이어갔으며 특히 반대하는 의견을 더욱 관심을 기울여 경청했다.

박근혜 정부의 국무회의는 대부분의 안건은 실무적으로 관계부처의 조율을 거쳐 차관회의를 통과한 것만 올라오기 때문에 참석자간 한마디의 토론이나 의견교환도 없이 그대로 통과되는 요식적 회의에 불과했다.

권위주의 사고로 힘의 논리로 세상을 지배하려는 자들은 토론할 필요성을 느끼지 않는다. 오히려 비효율적이고 답답한 과정으로 여긴다. 물론 이들도 토론을 활용하지만 그것은 토론의 이름과 형식을 빌려 기득권을 옹호하고 제도권의 벽을 공고히 하는 데 활용할 뿐이며, 이는 엄밀한 의미에서 토론이 아니다. 그저 교묘한 정치적 언어유희거나 쇼에 불과하다. 논리적이고 객관적인 근거에 입각해서 합리적으로 설득하기보다는 자기 생각을 일방적으로 주장하고 자기편이 듣고 싶어 하는 얘기만 하고 대중의 인기를 의식한 포퓰리즘에 편승한 발언은 토론이 아니라 일방적인 강자의 지시사항에 불과할 뿐이다. 박근혜 정부의 참모들이나 장관들은 국무회의에 참석하여 이러한 지시를 노트에 적기에 바빴고 이렇게 적은 노트가 뒷날 박근혜 정부의 발목을 잡을 줄 누가 알았겠는가!

사람은 생김새만큼이나 생각도 각양각색이다. 자라온 환경, 시대, 경험, 가치관, 문화 등이 모두 다르기에 생각이나 가치가 다른 것은 당연하다. 우리는 서로 다르다는 것을 틀렸다는 말과 혼용한다. 다름은 틀리거나 나쁜 것이 아니라 그냥 다른 것일 뿐이다.

민주주의의 가장 큰 특징 중 하나가 바로 다양성이다. 다양한 입장과 다양한 목소리가 존재한다는 것을 인정하고 다양성을 긍정적인 에너지로 바꾸어 가기 위해서 의견을 통합할 수 있는 토론과 공론의 장이 무엇보다 요구된다. 토론에서 상대를 설득하지 않고 자신의 생각만으로 국가를 운영하는 지도자는 비정상적인 독선으로 나라를 통치하게 된다.

논리는 언제나 비논리를 압도한다. 인간의 각자 다른 생각, 믿음, 가치는 토론을 통해 다양한 해결책을 살펴보는 과정에서 조정할 수 있다.

대통령은 국무회의에서 각부 장관들의 다양한 의견을 수렴하여 토론을 통해 국민의 행복, 가치를 찾아주고, 국가의 안보, 문화를 지켜주고 계승 발전시키는 구심점이 되어야 한다.

지난 9년의 이명박, 박근혜 정부는 모처럼 형성된 민주주의의 꽃, 토론의 문화를 군사정부의 권위주의 문화로 되돌려 놓았다. 토론은 고사하고 자기들과 다른 생각을 가진 사람들을 블랙리스트로 자갈을 물렸고 자기주장에 동조하도록 관제 데모로 여론조작과 선동을 했다. 정부예산을 자기 돈인 양 착각했고 민간인들의 돈을 강제로 모금하여 어용단체에 지원하여 관제데모를 하도록 했다.

이제 잃어버린 지난 참여정부의 토론문화를 찾아야 한다. 민주주의는 좀 느리고 시간이 걸리더라도 서로의 의견을 자유롭게 나누며 설득하고 설득되어져 나가는 과정을 거쳐야 한다.

그리고 민주사회에서는 무조건 한 방향으로 나간다는 사고를 버려야 한다. 아무리 좋은 정책과 철학이라 할지라도 권력의 일방적 통행에 동의할 수 없는 세력이 있다는 점을 간과해서는 안 될 것이다.

스튜어트 밀(JohnStuartMill)은 "다양한 생각이 교환되는 사상의 시장이 보장될 때 비로소 민주주의 사회는 그 생명력에 활기를 불어넣을 수 있고 아무리 그릇된 견해라 할지라도 그 견해가 표현되는 순간 공동체의 구성원들은 그 견해에 대한 비판적 견해를 형성함으로써 더 지혜로워질 수 있다"고 말했다.

해양수산부 장관 노무현

"눈앞의 일만 생각하지 말고 최소한 10년 뒤를 생각하며 오늘 일을 하라!"

노무현 장관은 부하 직원에게 어떤 중요한 일을 지시하고는 늘 이렇게 강조하곤 했다. 자신이 하고 있는 일에 책임감을 갖고 일하라는 의미다. 10년 후 바람직한 자신의 이상적인 모습을 산정해 놓고 이를 위해 오늘을 준비하라는 것이다. 그는 우리 모두 10년 뒤 오늘의 모습이 부끄럽지 않도록 지금 최선을 다하자며 격려했다.

그는 자신의 깊이와 길이를 아는 사람이었다. 어떤 일을 지시함에 있어 누구에게 이 일을 맡길 것인지 심사숙고한 후 나를 불러 대면을 한다. 그리고 약간 웃음기 어린 눈으로 말한다. 나는 이때가 정말 긴장되었다.

"최 청장, 이 일은 아무개 과장에게 맡기는 것이 어떨까?"

그와 일을 하면서 놀랄 때가 많았다. 해양수산 분야의 공직에 근무하면서 청장의 지위까지 오를 정도면 나와 함께 일하고 있는 직원들의 성격이나 능력 개성 등을 감안하여 업무지시를 내리는 것이 나의 주요 임무 중의 하나다. 가끔 부산으로 내려오는 장관이 마치 부산에 상주하며 근무하는 사람처럼 심지어 과장 선까지 파악하고 지시를 내리는 것이었다.

'장관이 어떻게 그 직원을 알지?'

나 역시도 이 업무의 적격자는 장관이 생각하고 있는 그 직원을 생각하고 있었기에 항상 일은 일사천리로 이루어졌다. 그 업무는 바로 실행에 돌입할 수가 있는 것이다. 세상사가 사람을 선택하는 일이다.

그리고 그 당사자를 부른다. 책임을 맡은 직원은 신이 난다. 자신이 해보고 싶은 업무가 자신에게 하달된 것이다. 더구나 장관과 청장이 직접 지시를 내리지 않는가.

그는 주인의식과 긍지를 주문했다. 장관은 지나가는 과객에 불과하고 바다의 주인은 담당자인 "바로 당신!"이라는 것이었다. 업무상 문제로 얘기를 나누다가 내가 강하게 밀어붙이면 그는 "당신이 이 마당의 주인이니 알아서 하되 끝까지 책임지세요!" 하며 기분 좋게 한발 물러서기도 했다.

나는 그와 일하면서 공직에 대한 철학이 많이 정립되었다고 자부한다. 공직이란 국민을 위한 것이다. 국민을 위해 법과 양심을 지켜

달라고 국민들은 열심히 일을 해서 공무원들에게 월급을 준다. 개인의 욕심을 위해 법과 양심을 버린다면 더 이상 공무원이 아니다. 자신의 개인적 욕망을 위해 사리사욕을 채우는 것은 범죄행위다.

나는 28년간 공무원 생활을 하면서 상사와 많이 싸웠다. 난 항상 사표 낼 각오를 하고 덤빈다. 그래서 후배들은 나에게 '싸움닭' '단칼'이라는 별명도 붙여주었다. 솔직히 사표내고 나오면 돈을 더 많이 벌 자신은 있었다. 그리고 아내와 맞벌이하니 최소한 생계는 집사람이 책임지겠지 하는 배수진도 쳤다. 노무현 장관과 참 많이도 싸웠다. 싸우면서 인정받았다.

하루는 그에게 하소연을 했다.

"장관님, 공무원 생활이 너무 힘듭니다. 인사도 불공정하고 스트레스가 너무 많습니다. 육체적으로나 정신적으로도요."

그는 나의 넋두리에 다음과 같이 말했다.

"그래도 공무원은 국민에게 도움이 되는 일을 하지요. 구체적인 일을 할 수 있고 어떤 일을 성취했을 때의 보람과 자부심은 무시할 수 없는 것이지요."

그의 말에 절로 고개가 끄덕여졌다. 잊고 있던 공무원의 사명을 그가 일깨워준 것이다.

그는 정치인이므로 민원이 많았다. 그의 민원처리는 특이했다. 일단 모든 것을 다 공개한다. 예를 들면 이 사안은 내 지역구의 잘 아는 사람의 민원임을 밝히고 법과 원칙에 따라 처리해 줄 것을 부탁한다. 하지만 대다수의 민원이 해결할 수 없는 것들이었다. 하지만 장관이 논의해 보라는 문제를 모른 채 할 수는 없다. 참모들과 같이 이 사안을 놓고 자유롭게 토론한다. 해결할 수 없는 민원을 놓고 토론을 하니 나의 성격상 강하게 나갈 수밖에 없었다. 물론 최종 결재권은 장관에게 있다. 장관이 사인하면 문서가 작성되고 그 효력이 발휘된다. 장관이 막무가내로 밀어붙이면 어쩔 수 없다. 그러나 그는 토론의 진심을 읽는다. 실무자가 저렇게 반대하는 것을 보니 이 사안은 없는 것으로 하자고 생각을 바꾼다. 뒤로는 투덜거리기도 했다지만….

이 과정을 통해 난 많이 배우곤 했다. 공직자로 폐쇄된 마음의 지평을 넓히는 계기가 되었고 민원인 입장에서 생각해 보는 역지사지의 마음도 갖게 되었다. 그와 상사와 부하로서 일을 하다 보니 어느 정도 정(?)이 생겼다. 처음에는 공적인 일이 아니면 긴장해서 인지 대면하기가 서먹했는데 시간이 흐르면서 사적으로 그에 관해 궁금한 것이 많았다. 그중 하나가 대학에 들어간 적이 없는 상고 출신의 장관이기 때문에 혹시나 학력에 대한 콤플렉스나 편견이 있지 않나 하고 유심히 살펴보다가 어느 날 사석에서 물어보았다.

"장관님, 사법고시 합격한 이후라도 대학에 적만 두면 졸업할 수도 있었고 하다못해 특수대학원이라도 졸업하는 것이 좋지 않았어요?"

나의 물음에 그는 이렇게 말했다.

"대학에서 더 공부할 필요성을 느꼈다면 변호사 때려치우고서라도 대학에 들어갔겠지만 사법고시 합격 이후 대학에 진학할 필요성을 느끼지 못했고 단지 졸업장만 따기 위해 대학에 간다는 것은 원칙에 맞지 않는다고 생각했지."

그 장관이 어찌어찌 대통령 되고 나도 어찌어찌하여 장관이 되었다. 그리고 그 사이 여러 사안을 놓고 독대도 하고 국무위원들과 같이 회의도 했다. 내가 옛날 스타일 그대로 나가니 노 대통령이 한마디 했다.

"너, 장관 되었다고 나하고 맞먹으려고 하네?"

그에게 배운 대로 대꾸했다.

"그래요 다 같은 국민의 종이고 한 끗발 차이인데 좀 맞먹으면 안 되나요?"

노무현의 인사와 사람 욕심

어느 조직이나 '인사가 만사'라 할 만큼 사람을 어떻게 적재적소에 잘 배치하느냐가 조직 관리의 핵심으로 등장한다. 그가 해양수산부 장관으로 부임했을 때 인사를 어떻게 하느냐가 큰 관심으로 떠올랐다. 승진인사에 있어 장관의 의중이 매우 중요하다. 따라서 어떠한 경로이든 장관에게 줄을 대려고 한다. 한두 사람이 줄을 대려고 한다는 것이 알려질 경우 상대적으로 가만히 있어도 될 사람도 불안해져 너도나도 줄을 찾기 시작한다. 그래서 결국 '연줄의 총동원'이라는 복마전이 형성된다.

인사 문제에 있어 '청탁'과 '추천'을 구별하기란 쉽지 않다. '남이 하면 불륜, 자기가 하면 로맨스' 격으로 다들 자기가 부탁하면 추천이라 점잖게 말하고 남이 하면 청탁이라고 핏발을 세운다.

먼저 노무현 장관은 객관적인 평가 시스템을 도입했다. 다면평가 제도의 도입이다. 승진대상자를 상관은 물론, 동료나 부하직원까지 평가하는 획기적인 제도이다. 자칫하면 인기투표 방식이 될 수 있지만 조직원들이 대부분 친소관계를 앞세우기보다는 조직의 장래를 보기 때문에 합리적으로 판단한다는 전제가 깔려 있다.

이 제도는 도입하자마자 성공을 거두었다. 먼저 조직 내에서 서로 인간관계가 긍정적으로 형성되기 시작했다. 물론 서로 잘 보여야 한다는 인위적인 관계도 등장했지만 특히 상사들이 부하직원들에게 인격적 모멸을 주는 경우가 점차 사라지기 시작했다. 그리고 외부청탁이 올 경우 이를 거절하는 명분으로도 활용되었다.

그리고 인사를 공개적으로 했다. 대부분 인사는 사람에 관한 문제이기 때문에 외부에 알려지면 여러 부작용이 생길 수 있기에 승진심사 일자도 공개하지 않고 어느 날 갑자기 밀실에서 이루어져 왔다. 그러나 노무현 장관은 공개를 원칙으로 했다. 그리고 심지어 자기가 청탁받은 사실도 공개해 버린다. 누가 어떤 경로로 자신에게 부탁했는데 객관적으로 살펴보라는 것이다. 그리고 공식적으로 인사위원회를 잘 활용했다. 승진인사는 원래 인사위원회에서 심사하여 복수로 순위를 정하여 장관에게 대상자를 추천한다. 그 중 한 사람을 장관이 낙점하는데 대부분 1순위가 낙점된다. 추천인사가 마음에 들지 않을 경우 장관은 그 이유를 명시하여 재심을 요구할 수 있다. 지금까지 대부분의 경우 인사위원장인 차관은 승진대상자를 장관과 협의하여 내정하고는 인사위원회에 올려 형식적 절차를 통해 장관의 의중대로 밀어붙인다.

그러나 노무현 장관은 일단 인사위원회에서 다면평가를 포함한 여러 자료를 종합하여 자유로운 토론을 거쳐 승진대상자를 공개적이고 객관적으로 정하여 올리도록 했다. 그러나 인사위원회는 국장들로 구성되므로 국장들이 자기 부서에 같이 근무하는 사람들을 자기 식구 챙기기 차원에서 먼저 밀기 때문에 공정성과 객관성을 상실할 수 있다.

따라서 인사를 담당하는 총무과장의 역할이 매우 중요하다. 정확한 정보를 장관에게 제공하고 장관이 혹시 잘못 생각할 경우 직언도 마다하지 않는 배짱도 있어야 했다. 그리고 무엇보다도 조직 내 신망이 두터워야 함은 물론이다.

노무현 장관이 재직 중에 총무과장을 새로 임명해야 할 경우가 생겼다. 총무과장이 국장으로 승진했고 그 자리가 공석이 된 것이다.

난 해양안전심판원장으로 다소 여유를 부리고 있는데 장관의 호출을 받았다. 이 경우 대부분 중요한 정책결정을 내리기 전에 한번 여론을 살펴보기 위한 과정이라고 생각했다. 노무현의 인사 스타일은 사전에 대상자에 대해 여러 경로를 통해 여론을 들어보고 마지막으로 직접 면담한 후 결정하는 식이다.

앉자마자 나에게 총무과장으로 누가 적합한지 물었다. 이 경우 즉시 대답하지 않는 것이 상책이다. 혹시 잘못 추천할 경우 나중에 덤터기를 쓸 우려도 있고 나의 직계를 총무과장으로 심으려 한다는 오해를 살 수도 있기 때문이다. 또한 장관이 의중에 둔 인물이 있을지도 몰라 좀 생각해 보고 나중에 말씀드리겠다고 했다.

그런데 내가 잘 아는 후배의 이름이 그의 입에서 나왔다. 유능하고 적합하지만 군번으로 치면 국장 승진을 앞두고 있었기에 총무과장으로 보하면 인사원칙상 맞지 않고 당사자로서도 받아들이기 어려울 것이라며 선뜻 동조할 수 없다고 말했다

그럼에도 불구하고 노무현 장관은 어지간히 욕심이 났는지 그의 기용을 강하게 밀어붙였다. 다음은 국장 승진이라고 기대하던 본인은 떨떠름해 했지만 노무현 장관의 협박에 가까운 적극적인 구애(?)와 나의 설득으로 제안을 받아들였다.

결국 그는 해양수산부의 인사를 책임지는 총무과장이 되었고, 그 능력을 인정받아 청와대 인사수석을 성공적으로 마친 후, 지금은 더불어민주당 재선 국회의원으로 활약 중이다.

이렇게 노무현 대통령은 자기가 필요한 인재라고 판단하면 직접 만나 담판을 짓는 것도 불사했다. 사람에 대한 욕심이 남달랐던 것이다.

대통령이 직·간접적으로 인사권을 행사할 수 있는 자리는 대략 7,000여 개에서 많게는 1만 개 정도다. 이처럼 방대한 대통령의 인사권을 대통령이나 청와대에서 직접 다 행사할 수는 없다.

대통령에게는 헌법과 국가공무원법, 정부조직법에 의해 특정직 임명권이 부여되는데 국무총리, 각부장관 및 차관, 정부공공기관이나 투자기관의 기관장 등이 주요대상이 된다. 국무총리 임명은 헌법

에 따라 대통령이 지명하여 국회의 동의를 얻도록 되어 있다. 또한 각부의 장관은 국무총리의 제청으로 대통령이 임명하되 국회의 청문절차를 거치도록 되어 있다. 국무총리에게 부여된 제청권을 얼마나 행사할 수 있을 것인지가 늘 논란의 대상이 되어왔다.

노무현의 참여정부는 실질적으로 국무총리의 제청권을 보장해주었다. 장관 인사를 대통령과 국무총리가 서로 협의하여 결정하는 것이다. 또한 국회 청문절차를 신설하여 국회 상임위에서 그 후보에 대한 청문을 실시하여 그 의견을 받도록 하였다.

이명박, 박근혜 정부를 거치면서 대통령이나 청와대의 인사에 대한 권한은 더욱 강화되었다. 민정수석비서관실의 인사검증이라는 구실로 공무원의 국장, 과장급 인사에도 관여했으며 공공기관의 기관장은 물론 임원까지 청와대의 입김이 강하게 작용하였다. 이러다 보니 모든 권력은 청와대로부터 나왔으며 모두들 청와대 눈치 보기만 급급했다. 각부 장관들도 정책이나 인사에 있어 청와대의 나팔수로 전락했으며 책임지고 소신 있게 정책을 수립하고 펼칠 수 없는 구조가 되어버렸다.

대부분의 공공기관장이나 투자기관의 장은 법률상 공모제로 하는 것이 정상이지만, 이명박, 박근혜 정부의 공공기관장의 인사는 무늬만 공모제이지 실상은 청와대에서 사전에 내정하고 형식만 취한 인사였다. 심지어 공모제라는 형식을 갖추기 위해 의도적으로 들러리를 세우는 코미디 같은 일까지 발생하곤 했다.

필자가 장관에 취임하자 해양수산부 내의 중요한 기관장을 임명해야 할 경우가 생겼다. 법률상 장관이 임명하도록 되어있지만 중요한 자리라서 사전에 청와대 인사수석에게 임명대상자의 이력사항을 주어 사전에 노무현 대통령에게 보고해 줄 것을 요청하였다. 청와대 내부에서는 해양수산 관련 인사는 대통령이 장관을 역임한 부서라 인사를 집행하기가 참 어렵다고들 했다. 대통령이 거론되는 사람들을 잘 알기에 더 조심스럽다는 것이다. 그런데 정찬용 인사수석은 내가 추천한 인사를 대통령에게 보고하니 잘못된 추천이라며 부정적이라는 반응이라고 연락을 해 주었다.

나는 약간 화도 나고 해서 정찬용 인사수석과 문재인 민정수석에게 저녁을 같이 하며 의논하자고 했다. 약속한 자리에 모두 나와 주었다. 나는 그 자리에서 강하게 항의했다.

첫째, 이 인사권은 법률상 해양수산부 장관인 나의 권한이니 나의 인사권을 존중해 달라. 그래야 나의 권위도 인정되는 것이다.

둘째, 대통령은 약 10개월 그를 봐왔지만, 나는 30년을 봐온 사람이다. 그러니 나의 판단력이 옳을 수 있다.

내가 강력하게 주장하자, 문재인 민정수석은 검증결과 큰 흠이 없다면 노무현 대통령께 나의 뜻을 보고하겠다고 했다.

다음날 정찬용 인사수석은 대통령에게 나의 의견을 전달했다고 한다. 장관이 되어 처음 행사하는 인사이니 그 뜻을 존중하여 주는 것이 좋겠다는 개인 의견까지 곁들여서 말이다. 대통령은 나의 말에 일리가 있다고 하며 그 대신 그 친구가 잘못하면 나에게 책임을 묻겠다는 협박성 조건을 달아 나의 의견을 받아주었다. 인사는 만사라고 한다. 소통이 되는 인사를 통하여 만사를 풀 수 있다는 뜻일 것이다. 대통령 혼자 모든 인사를 결정할 수 없다. 과감하게 권한과 책임을 위임하는 것이다. 차관 인사도 장관과 협의하고 추천을 받으면 된다. 서로 뜻이 다를 경우 조율하면 얼마든지 가능하다. 차관을 청와대가 지명하여 일방적으로 임명하면 장관은 조직을 제대로 통솔할 수가 없다. 그리고 각 부처의 1급 이하의 승진, 전보 등의 인사권은 장관이 완벽하게 행사하도록 보장해 주어야 한다. 이래야 대통령도 살고 부처도 산다. 각 부처 장관들이 권한과 책임을 가지고 조직을 이끌어야 대통령도 편해진다. 대통령은 잘못하면 장관에게 책임을 물으면 된다.

정부공공기관이나 투자기관장의 인사도 주무부처의 장관에게 맡기면 된다. 그래야 책임행정이 보장된다. 그리고 기관의 임원을 포함한 간부는 기관장이 책임지고 인사권을 행사하도록 위임해야 한다. 그렇게 해야 신명나게 조직이 활성화되는 것이다. 청와대에서 미리 다 정해놓고 정한대로 한다면 지원자도 김빠지고 심사위원들은 각본대로 움직이는 로봇에 불과하니 자괴감이 들 수밖에 없을 뿐더러 조직이 제대로 활기차게 굴러갈 수 없는 것이다.

끝이 없는 권력 욕심

사람의 마음이란 정말 간사하다. 나 역시 그렇다. 그래서 모두들 초심을 유지하기가 어렵다고들 한다. 나는 대학 재학 중 처음 본 행정고시에 합격했다. 한 10년만 공무원 해 보자는 마음으로 열심히 일했다. 10년 정도 공무원 생활을 하면 최소한 한 계급 정도는 오를 것이고 균수를 최고의 벼슬로 아는 아버지도 만족하실 것이라 생각했다.

그런데 한 계급 오르는 데 12년이 걸렸다. 중간에 해군 장교로 4년, 영국 유학 2년을 빼면 한 6년 정도 걸린 셈이다. 선배들이 "한 계급 오르는 데 최소한 10년 정도 걸릴 것!"이라고 말할 때 '앓느니 죽지 어떻게 10년을 기다린담!' 하고 생각했다. 그러나 12년 걸렸는데도 동기들과 비교해서 늦지 않았고 나이를 고려하면 무척 빠른 셈이었다.

내가 생각한 공무원의 목표인 과장이 되었지만 어느덧 나의 생각은 국장 진급까지의 시간을 계산하고 있었다. 사실 그 당시 국장이 되면 군대에서 별을 다는 것과 마찬가지였다. 우선 기사가 배정된 차량이 제공되고 혼자 근무하는 독방이 주어지며 비서 한 명도 고정으로 배치된다. 그리고 부산, 인천 등 큰 항구를 관장하는 기관장으로 갈 수도 있다.

과장에서 국장으로 승진하는 데 딱 8년 걸렸다. 중간에 4년 영국 대사관에 근무했으므로 지루하지 않게 국장이 된 셈이다. 처음 보직은 마산항만청장이었다. 선배들이 처음 기관장 할 때 청사로 들어서면 건물이 자기에게 절하는 것 같은 자기도취에 빠진다고 말했다. 그 말을 처음 들었을 때는 권위적이라며 웃고 넘겼지만 막상 부임하고 보니 그 심정 이해할 만했다.

국장이 되고 보니 또 그 윗자리가 보인다. 조금 더 하면 일반직 공무원의 꽃인 1급 관리관으로 갈 수 있겠다는 생각이 든다. 그러나 난 여기서 접기로 했다. 너무 힘이 들었기 때문이다. 밀려오는 스트레스를 감당할 수 없었다. 그리고 위로 갈수록 정치적 판단을 많이 요구받게 되어 보람도 덜했으며, 윗사람들의 실상을 알게 되자 더 이상 공직에 대한 미련이 없어졌다. 그러나 막상 이직하려니 내 마음속의 촌놈 근성은 이를 쉽게 놓아주지 않았다. 그리고 아버지를 비롯한 주위의 기대를 등질 용기도 부족했다. 그래서 몸만 공직에 있는 시절을 보내고 있었다. 그렇게 시간은 흘러 부산해양수산청장이 되었다.

그 무렵 노무현을 만났다. 그는 나에게 희망을 불어넣어 주었다. '그래, 이런 사람이라면 한번 다시 시작해 보자!'라는 욕망이 생겼다. 부산해양수산청장을 지내고 1급으로 승진하여 기획관리실장이 되고 보니 국회, 총리공관 등에 자주 가게 되었고 고위직들과 일을 같이 해보니 별것 아니라는 자신감과 교만이 생겼다.

기획관리실장의 역할상 내가 일의 중심에 서야 하는 경우가 많아졌고 차관 대신 차관회의에 참석해 보니 차관이라는 자리도 바로 옆에 와 있는 것 같았다.

그가 대통령으로 당선되고 참여정부가 탄생하였다. 차관 인선은 주로 내부 승진으로 이루어 졌고 나는 최연소로 참여정부의 차관이 되었다. 주위의 기대가 컸고 나 자신 열심히 했다. 허성관 장관이 전폭적으로 신뢰했고 해양수산부는 대통령이 근무했던 곳이라 관계부처도 특별히 대접해 주었다. 내가 대통령과 가깝다는 헛소문(?)이 나서인지 일하기가 한결 쉬웠다. 장관 대신 청와대에서 열리는 국무회의에 참여하기도 했고 대통령이 주재하는 회의에 몇 번 참석해 보니 간이 점점 부어서인지 장관 자리에 대한 욕심도 났다.

권력에 대한 욕망은 정말 끝이 없었다. 한 계단 오르면 바로 보이는 한 계단, 욕망이라는 사다리를 나는 놓지 못했다. 차관 한 지 6개월 만에 꿈에도 생각지 못했는데 장관이 되고 말았다. 사실 난 그때 장관 할 준비가 제대로 되어 있지 않았다. 정말 얼떨결에 장관이 된 것이다. 노무현 대통령도 처음에는 "너무 빠르다. 이번에는 아니다!"

라고 말했지만, 나는 멋도 모른 채 그 운명을 받아들였다.

사실 내가 좀 더 현명했더라면 대통령이 장관하라고 할 때 아직 준비가 덜 되었다며 거부했어야 했다. 그러나 그때 난 해양행정에 관한 한 내가 1인자라는 오만에 빠져 있었다.

장관이 되자 청와대에 자주 들락거렸다. 청와대의 레드카펫은 처음에는 긴장과 떨림의 연속이었지만 익숙해지니 나도 매일 밟을 수 있다는 생각이 들었다. 나의 마음을 알았는지 어느 날 노무현 대통령은 나에게 이렇게 말했다.

"최 장관, 언론 조심하게!"

"아니 왜요?"

"언론의 속성은 사람을 하늘로 헹가래 쳤다가 모른 체하고 손을 빼 땅바닥에 떨어뜨린다네."

난 그때 그 말뜻을 몰랐다.

"그리고 언론에 자주 노출되는 것을 보니 최 장관도 대통령이 되고 싶은 모양인데 꿈 깨게. 대통령은 아무나 되는 것이 아니야."

'아무나'라는 말에 약간 마음 상한 나는 농담으로 받아쳤다.

"나도 시골 고향의 논두렁 정기를 타고났는데 왜 대통령 못합니까?"

그 옆에 있던 문희상 비서실장이 웃으며 말했다.

"현직 대통령 앞에서 대권을 이야기하다니 세상 잘 타고나 목숨이 부지되는 줄 아시구려."

난 이제사 뼈저리게 절감한다. 사람의 권력에 대한 욕망의 끝은 없다는 것을, 그래서 이렇게 끝나고 보니 막상 아무것도 아니라는 것을, 솔로몬처럼 다 가지고 누리고 나서야 "헛되고 헛되니 모든 것이 헛되도다"는 것을 깨닫는 것이 인생의 이치인 것 같기도 하다.

2장
대통령 노무현

2002년 3월 9일 제주도를 시작으로 전국 16개 시도에서 치러진 국민참여
경선을 통해 노무현은 새천년민주당 대통령 후보로 선출됐다. 이후 희망
돼지 저금통, 휴대폰모금, 희망티켓 등 새로운 형태의 모금 행사와 미디어
선거, 인터넷선거 등 국민참여형 선거운동을 통해 48.9%의 지지를 얻어
2002년 제 16대 대통령에 당선된다.

한 통의 전화

2003년, 해양수산부 차관이 된 이후 추석을 맞아 푹 쉬려고 일찌 감치 고향으로 향했다. 아름답고 포근한 고향의 정취에 취해 이곳저 곳 다니며 인사를 드렸다. 주말 연휴가 겹쳐 시간적으로 꽤 여유 있 는 추석 연휴였다.

나는 김두관 행자부 장관에게 공무원의 토요 휴무일을 추석 연휴 기간으로 옮기자고 건의하였고 즉석에서 그는 수용했다. 그렇게 해 서 늘어난 연휴기간을 즐기기 위해 고향을 찾은 사촌들과 100원짜 리 고스톱에 열을 올리고 있는데 동네 마이크가 시끄러웠다.

"알립니다, 최낙정 차관님. 청와대에서 대통령님이 찾는답니다. 급히 전화연락 바랍니다. 어디 계십니까? 다시 한 번 알려드립니 다…"

그쯤 되면 고스톱의 스릴도 어느새 사라지고 마음의 평화와 안식은 다 달아나고 만다. 멀찍이 방구석에 던져 놓은 휴대전화 폴더를 열어보니 청와대를 포함하여 몇 통의 부재중 전화가 찍혀 있었다. 급하게 청와대로 연락했다. 고향에 와 있다고 하니 알았다며 다시 연락하겠다는 것이다. 무슨 일인가 궁금했지만 기다리는 방법 외에는 다른 길이 없었다. 잠시 후 청와대 비서관이 전화를 걸어 언제 서울에 올라오느냐고 묻는다. 추석 다음날 즉 12일이라고 말해 주었다. 비서관은 14일 일요일에 대통령이 청와대에서 점심을 같이 하자고 한다는 내용을 전해주었다. 그래서 누구누구와 하느냐고 물으니 대통령 일정은 국가기밀이니 묻지 말라고 농담을 던지며 단둘이 하는 식사라고 했다. 무슨 일인지 몰라 긴장되었다. 당시 국회로부터 해임 건의를 받은 김두관 행자부 장관의 후임 인사에 따른 해양수산부 장관의 선임 문제와 관련 있을지도 모른다고 생각되었다.

추석 다음날 아침, 첫 비행기로 서울에 도착했다. 공항에서 바로 사무실로 직행했다. 간부들과 같이 태풍에 대비하여 지방청과 시도의 대비 태세를 점검하고 비상 근무자들을 격려했다.

대통령과의 독대가 예정된 2003년 9월 14일 일요일 아침. 나는 오전 9시 내가 다니는 다일교회 예배에 참석했다. '밥퍼 목사'로 알려진 최일도 목사에게 대통령과의 오찬 계획을 말하고 기도해 달라고 청했다. 넥타이도 매지 않은 캐주얼한 옷차림을 보고 최 목사는 대통령을 만나는데 그런 복장도 괜찮은지 물었다. 나는 일요일 비공식 오찬이라서 대통령도 간소복일 텐데 내가 정장을 하면 더 이상할 것이라고 말하니 "역시 참여정부 사람들은 다르군요!" 하며 기분 좋게 격려해 주었다.

12시 10분 전에 청와대에 도착했다. 본관으로 가니 대통령께서 관저에서 기다린다며 안내를 해준다. 대통령은 비서실장, 정책실장과 관저에서 회의 중이었다. 내가 왔다는 보고를 받자 대통령은 일만 시키고 점심 대접을 못해 미안하다는 말로 두 분을 보내고 나와 단둘이 식당으로 갔다. 긴장한 탓인지 냉면과 갈비가 메뉴로 나왔는데 무슨 맛인지도 몰랐다. 다음은 점심을 먹으며 나눈 대통령과의 대화 내용이다.

노무현 대통령 : 최 차관, 공무원들은 보통 오래 근무하길 원하지 않나? 나는 최 차관이 한 2년 정도 더 일한 후에 장관을 하면 좋겠다고 생각했어. 그래서 이번 해양수산부장관으로는 비영남, 이공계, 여성 중에서 찾아봤는데 적임자가 없어서 말이야. 어때 공무원으로 오래 일하고 싶나? 지금 바로 장관이 되고 싶나?

"둘 다 하면 안 됩니까?"

노무현 대통령 : 욕심도 많네! 물론 일을 잘하면 오래 장관을 유지하거나 나중에 다른 장관도 될 수 있지. 그러나 장관은 정무직인 만큼 정치적 상황에 따라 그만둔다거나 변화가 많아서 말이야. 김두관 장관처럼 내 의사와 상관없이 나가야 하는 일도 있고.

"예, 그 점도 잘 알고 있습니다. 사실 길든 짧든 간에 장관이 되는 건 개인적으로는 무척 영광이지만 고난의 길입니다. 저는 처음부터 바다 행정을 담당해왔기 때문에 그 수장이 된다는 것은 개인적으로 엄청난 사건입니다. 믿고 맡겨주시면 열심히 하겠습니다."

노무현 대통령 : 나이가 아직 젊은데 장관 끝나면 무엇을 하려고?

"최일도 목사와 청량리 밥퍼에 가서 밥을 푸겠습니다! 또 대학 강단에 자리를 알아볼 수도 있고요."

노무현 대통령 : 참, 최 장관은 해양법 박사이지. 그런데 장관 끝나도 미래에 대한 확실한 보장이 있는 사람은 장관 일 열심히 안 할 수도 있는데?

"아닙니다. 오히려 소신껏 더 잘할 수 있습니다."

노무현 대통령 : 이 사람, 장관이 소신껏 한다는 것은 대통령인 나한테 옛날처럼 한판 붙겠다는 거야?

"예, 대통령도 잘못하면 당연히 붙어야죠."

노무현 대통령 : 이 사람, 위험한 사람이구만.

대통령이 싱긋이 웃었다.

"제가 차관이 되자 친구들이 놀라자빠지더군요. 너 같은 놈도 참여정부가 되니 차관이 되었다고. 세상 참 많이 바뀌었다고. 높은 사람에게 대들고, 자기 잘났다고 설치는 놈이 어떻게 차관이 되었느냐고….

노무현 대통령 : 이제 장관이 되면 그 친구들 다 돌아가시겠군. 그래, 차관은 어떤 사람이 임명되었으면 좋겠나?

"저에게 부족한 부문을 보완할 수 있는 사람이면 좋겠습니다. 제가 해운항만청 출신이니 수산청 출신이면 좋겠고 출신 지역은 제가 경남이니 호남, 그리고 제가 성격이 직선적이니 좀 원만한 사람이면 좋겠습니다."

노무현 대통령 : 그런데 최 차관은 해양부 직원들에게 너무 엄격해서 인기가 별로 없다는데?

"공무원이 직원들의 인기에 연연하다 보면 개혁을 못합니다. 그리고 기획관리실장이나 차관 시절 직원들을 엄하게 통솔해야 장관이 덕장으로서 좀 여유를 갖고 이끌어갈 수 있지 않겠습니까? 직원들 입장에서도 당장은 유한 상관이 좋을지 모르지만 나중에 보면 업무적으로 까다롭고 엄한 상관이 더 도움이 되고 기억에 남을 겁니다. 저는 앞으로 대의와 국민을 위해서라면 필요한 경우 악역도 마다하지 않을 것입니다."

오랜 시간이 지난 지금 곰곰이 생각해 보니 사실 나는 장관을 할 재목은 못 된다는 것을 깨닫는다. 그때 고사했어야 했다. 그러나 그당시 장관 자리에 대한 욕심이 앞섰다. 아니 그보다 더 솔직하게 말하면 내가 가장 적임자라고 생각했다. 얼마나 큰 오만이었는지는 나중에야 알았다.

나중에 노 대통령 스스로 준비 안 된 자가 대통령이 되었다고 말했지만 내가 보기에 그분은 식견으로나 철학으로나 대통령이 될 자격이 충분했다. 나야말로 지식이나 경험은 물론이고 다른 여러 가지면에서 장관으로는 부적격자인데 그런 자가 장관을 하겠다고 나섰으니, 대통령과 참여정부에 부담만 준 것 같다.

청와대 관저에는 집무실이 없다

세월호 참사 당일 박근혜 대통령의 7시간의 행적이 문제가 되자 대통령은 관저에 있는 집무실에서 상황보고를 받고 업무를 처리했다고 공식적으로 답변하고 있다. 청와대 관저는 대통령이 잠자고 쉬는 곳이다. 대통령의 직무가 중대하기에 사생활을 할 수 있는 공관을 국가에서 제공하는 것이다. 하지만 내가 아는 한 청와대 관저에는 집무실이 없다. 물론 대통령이 있는 곳이 다 집무실이라고 항변할 수 있다. 그렇다면 대통령이 화장실에 있어도 집무실에서 직무 중이라고 할 수 있나? 바로 이러한 사고가 짐이 바로 국가라는 전제주의 사고와 일맥상통한다.

필자는 노무현 대통령 재임시절 딱 한 차례, 일요일에 대통령 관저에 가 본적이 있다. 대통령은 본관 집무실에서만 만나는 사람인

줄 알았는데 휴일이라서인지 관저에서 보자는 것이었다.

관저는 크게 내실과 외실로 나누어진다. 내실은 완벽하게 대통령의 사생활 공간이다. 영부인과 같이 잠자는 침실이 있고 그 옆에 서재가 있다. 이곳은 비서도 함부로 들어가지 못하는 사적 공간이다. 나도 이곳 내실은 직접 들어가 보지 못했다. 그리고 외실에는 대통령가족이나 외부손님과 간단히 식사할 수 있는 식당과 손님들과 간단한 회의나 대화를 나눌 수 있는 응접실이 있다. 외실에는 비서진들이 근무하고 있어 외실에서의 대통령 동선은 비서들과 공유한다.

세월호에서 학생들이 서서히 물속으로 침몰하는 시간동안 대통령은 어디 있었을까? 대체적으로 이제까지 비서들의 진술로 봐서 외실이 아닌 내실에 있었을 것으로 짐작된다. 그러면 침실인가? 서재인가? 박근혜 정부는 그날 대통령의 위치에 대해 어느 것 하나도 명확하게 답변하지 않았다. 답변할 수 없는 지도 모른다. 대통령의 위치에 대하여 답변을 못하는 이유가 무엇일까?

이렇게 숨기며 구체적으로 밝히지 못하기에 국민의 의혹만 커지는 것이다.

청와대 관저에는 세월호와 같은 사고가 발생할 경우, 사고를 지휘할 컨드롤타워 시스템이 없다. 본관 집무실로 와야만 한 눈에 상황을 점검할 수 있고 대책회의가 가능하다.

물론 대통령이 좀 피곤하여 관저에서 쉴 수도 있고 간단한 국정을 그곳에서 집무를 보며 처리할 수도 있다고 하자. 그러나 세월호 사고 같은 대형 참사가 났는데도 관저에서 서면보고만 받고 유선으로만 지시했다고 하니 내 상식으로는 도저히 이해가 되지 않는다. 더구나 참모들도 대통령에게 달려가 직접 보고할 필요성도 느끼지 못했고 심지어는 어디 있는 지도 몰랐다니 참 한심하기조차 하다.

대통령이 계신 곳이 바로 집무실이라 하며 대통령의 동선은 모르고 비밀이라 하고는 이제 와서 여성 대통령의 사생활을 이해해 달란다. 우리는 여성대통령의 사생활에 별로 관심 없다. 단지 세월호 참사 당시 대통령으로서 어디서 무엇을 했는지 알고 싶을 뿐이다.

어디서 무엇을 했기에 세월호가 완전히 물속에 잠긴 후에 나타나서 하는 말이, "구명조끼를 다 입었다는데 왜 발견하기가 힘드나요?"라고 묻고 있으니 이게 제대로 보고받은 제 정신인 대통령인지 의심하는 것이다.

박근혜 정부는 노무현 대통령도 관저에서 업무를 처리했다고 항변하고 있지만 이는 사실이 아니다. 노무현 대통령은 가끔 출근 전 아침 식사를 관저식당에서 참모들이나 장관들과 같이 오찬을 하며 업무를 처리했고 퇴근 후에도 장관이나 청와대 직원들과 관저에서 저녁을 같이 하며 업무를 협의하곤 했다. 노무현 대통령은 출퇴근 시간이 대체로 정확했고 정상업무 시간에는 본관에서 대통령을 대면할 수 있었다. 물론 주말이나 공휴일에도 일이 있으면 수시로 본관 집무실로 출근하였고, 또는 장관들이나 참모들을 관저로 불러 함께 토론하며 일을 하곤 했다.

노무현 대통령 대통령과 문재인비서실장이 세월호 참사를 당했다면 어떻게 조치했을까?

어리석은 가정이지만 그 때 대통령이 관저에 있었다면 문재인 비서실장은 바로 관저의 내실까지라도 달려갔을 것이고, 보고 받은 대통령은 바로 관저에서 뛰어나와 집무실이나 대책본부에서 전문가들과 머리를 맞대고 구조대책을 강구했을 것이다. 나 역시, 현직에 없었더라도 즉각 불려들어 갔을 것이다.

말이 통하는 국무회의

해양수산부 차관으로 재직 중 대통령이 주재하는 국무회의에 대리 참석한 경우가 몇 번 있었다. 국무회의에서 대부분의 참석자들은 자기 부서와 직접 관련이 없는 국정 현안에 대해서는 가급적 말을 아낀다. 남의 일에 끼어들었다가 괜히 적을 만들 수도 있고, 가만히만 있으면 최소한 중간이라도 간다는 인식 때문이다.

하지만 노 대통령이 주재하는 국무회의는 달랐다. 대통령의 질문이 느닷없이 쏟아지기 때문이다. 궁금한 점이나 고민 사항을 대통령이 직접 안건으로 올려 즉석에서 자유토론이 벌어지는 일도 다반사였다. 국정 전반에 걸쳐 토론의 장이 활성화된 것이다. 나는 국무회의에 참석하는 이상 국민의 입장을 대변하는 국무위원으로서 다른 부처의 일에도 관심을 가지고 좋은 생각이 있으면 그 의견을 개진하는 것이 바람직하다고 생각한다.

차관 신분으로 장관을 대신해 국무회의에 참석했을 때의 일이다. 전교조 교사에 대한 문제가 의제로 올라왔다. 교사들이 문제가 많으니 교육부에서는 일정한 기준을 만들어 이들을 지도하거나 통제할 필요가 있다는 제안이 있었다. 침묵이 흘렀다. 나는 손을 들어 발언을 신청했다.

"선생님들은 통제나 지도 대상이 아니다. 국가가 그들에게 선생님의 자격을 인정한 이상 교사 개개인을 통제할 생각을 버리고 학생이나 학부모, 그리고 교장, 동료 교사들이 자연스럽게 서로에게 영향력을 행사하도록 내버려두어야 한다."고 말했다. 대통령은, 이 말을 받아 "교사는 토론이나 평가의 대상이 될 수도 있다."고 정리했다.

원래 공식석상에서 발언하는 사람은 자신이 당연히 할 말을 했다고 생각하지만 듣는 사람들은 쓸데없이 남의 일에 참견한다고 느낄 수 있다. 그러나 국무위원인 이상 국가업무를 공동적으로 책임지며 내 일, 남의 일의 구분이 있을 수 없다. 회의 때 하고 싶은 말을 하고 또 다른 사람의 의견을 듣는 것이야말로 토론의 가장 기본적인 것이라고 생각한다. 나는 대체로 할 말이 있을 경우 참지 않고 다 하는 편이다. 그러다 보니 본의 아니게 상대에게 상처를 주기도 하고 회의 진행을 방해하는 훼방꾼으로 눈총을 받는 일도 있었다.

해양수산부 장관으로 임명된 후 대통령과 사적인 자리에서 대화를 나누는 중 이 문제에 대한 언급이 있었다. 국무회의에서 너무 자주 발언하지 말라는 주문이었다.

"국무위원으로 임명해 놓고 국무회의에서 말하지 말라 하시면 어떡합니까? 전 할 말은 좀 해야 하겠습니다."

"이거 큰일 났네! 앞으로 골치 아파지겠는데?"

난 대통령의 발언도 농담으로 가볍게 받아들였다. 그러나 일순간 주위 참모들의 얼굴이 굳어지는 것을 보고 '아차' 했다.

노 대통령의 화법은 직설적이고 소탈하면서도 유머가 있었다. 대통령과 대화를 나눌 때 나는 경직된 자세를 풀고 유머를 섞어 이야기를 하는 편이었다. 자연스러운 분위기를 연출하여 의사결정을 좀 더 폭넓고 깊게 해주는 것이 유머라고 생각했기 때문이다.

그런데 우리나라에는 아직도 대통령을 왕이나 국부로 생각하는 경향이 남아 있다. 괜히 나서지 말고 조용히 침묵하면서 하명을 기다리라는 식이다. 그러나 대통령도 사람이다. 매일 긴장과 격무 속에 시달리는 힘든 직업을 가진 인간이다. 서로 자연스럽게 농도 건네면서 풀어 주는 것이 좋다고 생각한다. 대통령과 국정에 관하여 많은 이야기를 나누고 좋은 의견을 모아보라고 임명한 것이 국무위원 아닌가. 대통령의 한마디가 불변의 진리가 되고 무조건 이에 따라야 한다면 더 이상 민주공화국이 아니다. 대통령을 존경하되 국민들로부터 큰 머슴으로 선택받은 보통사람으로 자연스럽게 대할 수 있을 때 진정한 민주주의는 완성되는 게 아닐까?

노무현은 그런 면에서 아주 소탈하고 마음이 열린 대통령이었다.

좌충우돌 신임장관과 언론

2003년 9월 19일, 허성관 행자부 장관과 함께 장관 임명장을 받았다. 대통령은 직접 임명장을 주고 접견실로 이동하여 차를 한잔 마시면서 나에게 해양수산부 내부승진으로 장관이 되었으니 더욱 잘해줄 것을 주문하였다.

9월 23일, 장관으로는 처음으로 국무회의에 참석하게 되었다. 무척 설레고 긴장되었다. 대통령이 나를 소개하고 인사를 하라고 했다. 나는 인사말을 미리 작성하여 읽는 것으로 대신했다.

"존경하는 국무위원 여러분,

오늘 저는 해양수산부 출신으로는 처음으로, 그리고 행정고시 17회 출신 중 처음으로 장관이 되는 영광을 누리게 되었습니다. 처음이라는 것은 기쁨이라기보다는 무한한 책임감과 개척자적 의미를 되새기게 합니다.

저는 바다에, 우리의 미래가 달려 있다고 믿는 사람입니다. 바다에 우리 민족의 번영이 달려 있습니다. 바다 행정에 관한 한 저는 누구보다 잘해 나갈 자신이 있습니다. 바다를 통하여 우리나라가 세계 속에 우뚝 서도록 하겠습니다. 앞으로 여러 선배 장관들의 적극적인 협조를 부탁드립니다.

또한 저는 국무위원으로서의 역할도 충실하고자 합니다. 다른 부처의 일도 남의 일이라 생각하지 않고 좌충우돌하며 저의 의견을 개진하겠습니다. 다소 불편하시더라도 젊은 사람이 다른 시각으로 볼 수 있다는 점을 넓고 열린 마음으로 받아주시기 바랍니다.”

인사를 마치자 노무현 대통령은 “최 장관, 언론에는 앞뒤 좋은 말 다 빠지고 좌충우돌을 선언한 장관으로 소개될 걸세.”라고 말하여 좌중에서 웃음이 터져 나왔다. 국무위원들은 큰 박수로 신임장관을 환영해 주었다.

지금 와서 생각해 보면, 당시 나는 갑자기 장관이 되어 좀 흥분했던 것 같다. 좀 더 신중했어야 하는데 노 대통령의 우려가 담긴 시선을 그때는 왜 느끼지 못했을까. 성찰과 겸손은 어디다 흘러버리고, 장관이 된 자신의 모습에 도취됐었던 것 같다.

노무현 대통령은 언론에 의해 영웅에 가까운 모습으로 추앙되었다가 언론에 의해 죽음에까지 끌어내려졌다고 해도 과언이 아니다. 그리고 퇴임 이후에도 언론은 수사 중인 사안을 여과 없이 보도하고 재단하며 평가하는 등 전임대통령에게 씻지 못한 상처를 주었다.

하지만 끝까지 그를 사랑하고 존경하고 믿어주는 많은 국민이 있었다. 그의 사후 뼈아픈 눈물을 흘리는 국민이 그렇게 많았던 것도 그를 오해하고 지켜주지 못했다는 미안함 때문이었을 것이다.

내가 일선에서 공무원으로 일할 때 제일 힘들었던 것은 올바른 정책으로 국민의 행복을 위해 일해야 할 고위공직자들이 언론에 의해 질질 끌려다닐 수밖에 없었다는 점이다.

각 부처의 공보관은 저녁 9시쯤 나오는 조간신문의 가판에 모든 관심을 기울였다. 우선 담당직원이 광화문 부근에 나가 가판신문을 입수한 후 불리한 기사가 났을 경우 담당 기자에게 연결을 시도하거나 여의치 않을 경우 신문사의 편집국에 직접 방문하여 어떠한 방법을 통해서든지 기사를 빼거나 적당한 수준으로 무마해야 했다.

노무현은 대통령이 되자 먼저 신문가판 확인 제도를 없앴다. 언론의 눈치 보지 말고 당당하게 공무원으로서의 자긍심을 지키라는 의미였다.

그의 다음 조치는 통합 브리핑실 운영이다. 노무현 정부는 2007년 취재지원 선진화 방안을 발표하며 모든 기관은 브리핑 시 정부 중앙청사와 과천, 대전청사 세 곳에 설치된 합동브리핑 센터를 이용하도록 하였다. 그러나 진보매체을 포함한 대부분의 언론이 반발하였고 정치권은 언론탄압이라며 정치적 공세를 취했다.

이러한 조치를 한 이유는 언론사 기자들이 사전 약속없이 수시로 공무원들이 근무하는 곳에 불쑥 방문하여 업무처리를 방해하거나 허가없이 서류를 열람하는 관행을 없애기 위함이었다.

노 대통령은 술을 마시고 많이 취한 날 개별 언론에 대한 노여움을 몇 번 드러낸 적이 있었다. 그러나 한편으로는 그러한 언론 덕분에 조심조심 자신을 잘 살필 수 있게 되었다고 얘기했다. 하도 감시를 하니 철저하게 공사에 있어 원칙과 정도를 갈 수밖에 없었음은 어쩌면 개별 언론이 은인인지도 모른다는 것이다.

말은 그렇게 했지만 얼마나 힘들었을까? 그가 얼마나 분노하고 좌절하며 힘들었을지 가슴 아프게 짐작할 수 있다.

노무현 정부는 아무리 마음에 들지 않더라도 언론이 살아야 정의도 흐른다며 권력을 동원하여 인위적인 개입을 일체 하지 않았다. 그 대신 언론도 일종의 권력인 만큼 국민들로부터 견제 받아야 한다고 믿었다. 사실을 왜곡하는 오보일 경우 철저하게 대응하여 책임을 지도록 제도화 하고자 했다. 이명박, 박근혜 정부는 언론사의 기관장들을 자신들의 입맛에 맞는 사람들로 낙하산 인사를 하며 진솔한 취재활동에 재갈을 물리고 언론과 표현의 자유가 훼손되면서 위정자들의 국정농단을 견제할 기능을 억압한 것이다. 언론이 제 기능을 발휘했다면 박근혜·최순실 사태가 이토록 확대되지 않았을 것이다. 결국 곯아 터질대로 터져 그렇게도 정권유지를 위해 잘한 정책으로 삼은 종편방송 중의 한 곳인 JTBC등에 의해 종말이 예고되었으니 이 또한 아이러니하다.

문재인이 대통령이 되어 우선적으로 해야 할 일이 이명박, 박근혜 정부에서 해고된 언론인들의 복직과 언론 바로 세우기 일 것이다.

노무현의 '사람답게 사는 세상'은 스스로 제 자리를 찾는 일로부터 시작될 것이다.

노무현 대통령과 독도

독도는 역사적으로나 국제법상으로 대한민국의 영토이며 현재 우리나라의 주권이 100% 행사되고 있다.

해양수산부 장관에 부임하면 제일 먼저 관심을 가지고 보게 되는 것이 독도와 동해 문제이다. 국민의 관심이 높고 그만큼 민감한 사안이기 때문이다. 국회가 열리면 해양수산부를 대상으로 이 문제를 집중적으로 물고 늘어진다. 자칫 잘못하면 정치적 공세에 말려 치명적인 실수를 범할 수도 있어 담당공무원이나 장관은 이 두 문제에 대해 아주 조심스럽게 접근하고 처신하기 마련이다.

울릉도에서 개관한 독도박물관 행사에 참석하려고 울릉도행 배를 탔다가 일본을 자극할 우려가 있기 때문에 해양수산부 장관이 돌아온 경우도 있었다. 나 역시 독도의 등대를 개조하는 공사도 몰래 몰래 아주 조심스럽게 했다. 일본과 외교적으로 긁어 부스럼을 만들지 말자는 의도였다. 노무현 대통령은 해양수산부 장관 시절 독도와 동해에 대한 공부를 아주 열심히 했다. 변호사인지라 명쾌한 논리를 좋아했고 일본은 이것 하나 대승적 차원에서 풀지 못하면 영원한 소국임을 자인하는 것이라고도 했다.

노무현 대통령은 독도에 관해 '사실혼'의 예를 들어 설명한 적이 있다.

"결국 한 지붕 밑에서 한 이불 덮고 자는 부부인데 이웃이 뭐라고 시비를 걸면 무시해 버리면 되지요. 그리고 아들딸 많이 낳고 잘 살면 그만이고!"

절묘한 비유였지만 독도 문제는 그렇게 단순하지 않다. 일본은 독도 문제를 국제분쟁으로 끌어올리고자 계속적으로 문제를 제기했고, 우리는 흥분하여 강하게 대응한다. 이렇게 계속 수위를 높이다가 국제분쟁으로 비화되는 것을 일본은 노리고 있는 것이다.

노무현 대통령은 일본의 그런 태도에 분기탱천하여 과거사 청산의 일환으로 독도와 동해 문제에 대해 강력하게 대응했다.

노무현 대통령은 2006년 4월 25일 독도와 동해에 대한 특별담화문을 발표하였다. 이는 독도와 동해 문제에 대한 우리의 입장을 명쾌하게 표현한 명연설 중 하나이다.

"존경하는 국민 여러분, 독도는 우리 땅입니다.

그냥 우리 땅이 아니라 40년 통한의 역사가 뚜렷하게 새겨져 있는 역사의 땅입니다. 독도는 일본의 한반도 침탈 과정에서 가장 먼저 병탄되었던 우리 땅입니다. 일본이 러일전쟁 중에 전쟁 수행을 목적으로 편입하고 점령했던 땅입니다. 러일전쟁은 제국주의 일본이 한국에 대한 지배권을 확보하기 위해 일으킨 한반도 침략전쟁입니다. 일본은 러일전쟁을 빌미로 우리 땅에 군대를 상륙시켜 한반도를 점령했습니다. 군대를 동원하여 왕궁을 포위하고 황실과 정부를 협박하여 한일의정서를 강제로 체결하고 토지와 한국민을 마음대로 징발하고 군사시설을 마음대로 설치했습니다. 우리 국토에서 일방적으로 군정을 실시하고, 나중에는 재정권과 외교권마저 박탈하여 우리의 주권을 유린했습니다. 일본은 이런 와중에 독도를 자국 영토로 편입하고, 망루와 전선을 가설하여 전쟁에 이용했던 것입니다. 그리고 한반도에 대한 군사적 점령상태를 계속하면서 국권을 박탈하고 식민지 지배권을 확보하였습니다. 지금 일본이 독도에 대한 권리를 주장하는 것은 제국주의 침략전쟁에 의한 점령지의 권리, 나아가서는 과거 식민지 영토권을 주장하는 것입니다. 이것은 한국의 완전한 해방과 독립을 부정하는 행위입니다. 또한 과거 일본이 저지른 침략전쟁과 학살, 40년간에 걸친 수탈과 고문, 투옥, 강제징용, 심지어 위안부까지 동원했던 그 범죄의 역사에 대한 정당성을 주장하는 행위입니다. 우리는 결코 이것을 용납할 수가 없습니다. 우리 국민에게 독도는 완전한 주권회복의 상징입니다. 야스쿠니신사 참배, 역사교과서 문제와 더불어 과거 역사에 대한 일본의 인식, 그리고 미래의 한일 관계와 동아시아의 평화에 대한 일본의 의지를 가늠해 볼 수 있는 시금석입니다. 일본이 잘못된 역사를 미화하고 그에 근거한

권리를 주장하는 한, 한일 간의 우호관계는 결코 바로 설 수가 없습니다.

일본이 독도 문제에 집착하는 한, 우리는 한일 간의 미래와 동아시아의 평화에 대한 일본의 어떤 수사도 믿을 수가 없을 것입니다. 어떤 경제적인 이해관계도 그리고 문화적인 교류도 이 벽을 녹이지는 못할 것입니다. 한일 간에는 아직 배타적 경제수역의 경계가 획정되지 못하고 있습니다. 이는 일본이 독도를 자기 영토라고 주장하고, 그 위에서 독도기점까지 고집하고 있기 때문입니다.

동해해저 지명문제는 배타적 경제수역 문제와 연관되어 있습니다. 배타적 수역의 경계가 합의되지 않고 있는 가운데, 일본이 우리 해역의 해저지명을 부당하게 선점하고 있으니 이를 바로잡으려고 하는 것은 우리의 당연한 권리입니다. 따라서 일본이 동해해저 지명문제에 대한 부당한 주장을 포기하지 않는 한, 그리고 배타적 경제수역에 관한 문제도 더 미룰 수 없는 문제가 되었고, 결국 독도문제도 더 이상 조용한 대응으로 관리할 수 없는 문제가 되었습니다.

독도를 분쟁지역화 하려는 일본의 의도를 우려하는 견해가 없지는 않으나, 우리에게 독도는 단순히 조그만 섬에 대한 영유권의 문제가 아니라 일본과의 관계에서 잘못된 역사의 청산과 완전한 주권 확립을 상징하는 문제입니다. 공개적으로 당당하게 대처해 나가야 할 일입니다.

존경하는 국민여러분!

이제 정부는 독도문제에 대한 대응방침을 전면 재검토하겠습니다. 독도문제를 일본의 역사교과서 왜곡, 야스쿠니신사 참배 문제와 더불어 한일 양국의 과거사 청산과 역사인식, 자주독립의 역사와 주권 수호의 차원에서 정면으로 다루어 나가겠습니다. 물리적인 도발에 대해서는 강력하고 단호하게 대응해나갈 것입니다. 세계 여론과 일본 국민에게 일본 정부의 부당한 처사를 끊임없이 고발해 나갈 것입니다. 일본 정부가 잘못을 바로잡을 때까지 전국가적 역량과 외교적 자원을 모두 동원하여 지속적으로 노력해 나갈 것입니다. 그 밖에도 필요한 모든 일을 다 할 것입니다. 어떤 비용과 희생이 따르더라도 결코 포기하거나 타협할 수 없는 문제이기 때문입니다.

저는 우리의 역사를 모독하고 한국민의 자존을 저해하는 일본 정부의 일련의 행위가 일본 국민의 보편적인 인식에 기초하고 있는 것은 아닐 것이라는 기대를 가지고 있습니다. 한일 간의 우호관계, 나아가서는 동아시아의 평화를 위태롭게 하는 행위가 결코 옳은 일도, 그리고 일본에게 이로운 일도 아니라는 사실을 일본 국민들도 잘 알고 있을 것이기 때문입니다. 우리가 감정적 대응을 자제하고 냉정하게 대응해야 하는 이유도 여기에 있습니다.

일본 국민과 지도자들에게 간곡히 당부합니다.

우리는 더 이상 새로운 사과를 요구하지 않습니다. 이미 누차 행한 사과에 부합하는 행동을 요구할 뿐입니다. 잘못된 역사를 미화하거나 정당화하는 행위로 한국의 주권과 국민적 자존심을 모욕하는 행위를 중지해달라는 것입니다. 한국에 대한 특별한 대우를 요구하는 것이 아니라 국제사회의 보편적인 가치와 기준에 맞는 행동을 요구하는 것입니다. 역사의 진실과 인류사회의 양심 앞에 솔직하고 겸허해지기를 바라는 것입니다. 일본이 이웃나라에 대해서, 나아가서는 국제사회에 이 기준으로 행동할 때, 비로소 일본은 그 경제의 크기에 알맞는 성숙한 나라, 나아가서는 국제사회에서 주도적인 역할을 할 수 있는 국가로 서게 될 것입니다.

국민여러분!

우리는 식민지배의 아픈 역사에도 불구하고 일본과 선린우호의 역사를 새로 쓰기 위해서 부단히 노력해왔습니다. 양국은 민주주의와 시장경제라는 공통의 지향 속에 호혜와 평등, 평화와 번영이라는 목표를 향해 전진해 왔고 또 큰 관계발전을 이루었습니다. 이제 양국은 공통의 지향과 목표를 항구적으로 지속하기 위해서 더욱 더 노력해야 합니다. 양국 관계를 뛰어넘어 동북아시아의 평화와 번영, 나아가서 세계의 평화와 번영에 함께 이바지해야 합니다. 그러기 위해서는 과거사의 올바른 인식과 청산, 주권의 상호 존중이라는 신뢰가 중요합니다. 일본은 제국주의 침략사의 어두운 과거로부터 과감히 떨쳐 일어나야 합니다. 21세기 동북아의 평화와 번영, 나아가 세계 평화를 향한 일본의 결단을 기대합니다. 감사합니다.

노무현 대통령은 독도에 대한 관심과 사랑을 촉구했다. 독도는 한

국인의 영혼이며 얼이며 역사이자 미래라고 했다. 그만큼 독도에 대한 노 대통령의 관심은 지대했고 대일 자세는 결연했다.

일본이 독도에 대한 권리를 주장하는 것은, 제국주의 침략전쟁에 의한 점령지 권리, 나아가서는 과거 식민지 영토권을 주장하는 것이라며 이는 한국의 완전한 해방과 독립을 부정하는 행위다. 또 과거 일본이 저지른 침략전쟁과 학살, 40년간에 걸친 수탈과 고문, 투옥, 강제징용, 심지어 위안부까지 동원했던 그 범죄의 역사에 대한 정당성을 주장하는 행위이기 때문에 우리는 결코 이를 용납할 수 없다.

일본이 잘못된 역사를 미화하고 그에 근거한 권리를 주장하는 한, 한일 간의 우호관계는 결코 바로 설 수 없으며, 일본이 계속 이 문제에 집착하는 한, 한일 간의 미래와 동아시아의 평화에 관한 일본의 어떤 수사도 믿을 수 없다고 밝혔다.

독도와 관련하여 말도 안 되는 일이 이 땅에 벌어질 때마다 노무현 대통령이 더욱 그리워진다.

3장
아! 노무현

저는 퇴임 이후 고향에서 자신에게 충실한 시간을 보내고 있습니다.
책을 읽고 새롭게 알게 되거나 확인하게 되는 것들이 모두 제가 풀고 싶은
의문에 완전한 해답을 주는 것은 아니라 할지라도. 이렇게 하는 동안 세상
이치를 깨우쳐 가는 기쁨이 있고, 자신에게 충실한 삶을 살고자 하는 노력
에 스스로 보람을 느낍니다.
사람 사는 세상'(http://www.knowhow.or.kr)'에 올리신 글.

미흡했던 퇴임 준비

　노무현 대통령의 임기 말은 처량하고 비참했다. 정권 재창출은 이미 물 건너갔는데, 당은 공개적으로 대통령을 배척하는가 하면 당 대표를 지낸 분이 탈당까지 했다. 힘을 합해도 이길 가능성이 적은데 전쟁을 앞두고 적과 마주한 상태에서 아군끼리 분열되어 이전투구를 벌이고 있으니 한심한 노릇이었고 결과는 뻔했다. 그렇다면 대통령의 퇴임 이후는 어떻게 할 것인가?

　퇴임 후 구상이 구체적으로 일찍 이루어져야 했다. 나는 문재인 실장 등 청와대 참모들을 만날 때마다 미국의 카터 대통령의 퇴임 이후의 행보를 잘 연구하자고 제안했다. 카터는 재임 당시 인권문제 등에 집착하여 힘없고 무능한 대통령이라고 낙인찍혔지만 퇴임 후의 행적 때문에 미국에서 가장 존경받는 전직 대통령으로 평가받고 있다.

심지어 노무현 대통령과 공식석상에서 만나서도 "퇴임 후 카터 대통령처럼 하십시오."라고 말씀드리곤 했다.

노무현은 2008년 2월, 대통령 임기를 마치고 고향인 봉하마을로 내려갔다. 서울을 떠나 고향으로 내려간 대통령의 인기는 대단했다. 농사를 직접 짓는 그 모습을 보고자 사람들이 몰려들었다. 대통령은 이들에게 "진작에 이렇게 관심을 가졌다면 지지도가 꽤나 올라갔을 텐데…" 하며 같이 박장대소하고는 했다. 나도 한 번 찾아뵙고 싶어서 비서진에게 날짜와 시간을 잡아달라고 부탁했다. 연락한 지 4개월 만에 오라는 통보를 받았다. 가을이었다. 약속된 시간보다 약 30분 먼저 도착하니 대통령은 몰려든 관광객들에 에워싸여 밀짚모자를 쓴 채 이야기를 나누고 있었다.

"이제 정권퇴진을 외치며 투쟁하는 시대는 지났다. 이 정권을 국민의 손으로 뽑았으니 믿고 따라야 하며, 단지 건전한 비판의식은 잃어서는 안 됩니다.…"

언덕으로 올라가 내가 왔다는 사인을 보냈다. 나와 눈이 마주친 노 대통령은 시계를 보며 큰 소리로 "저기, 전 해양수산부 장관이 왔는데 여러분과 더 이야기를 나누기 위해 30분 기다리라고 하겠습니다." 하며 나를 쳐다본다. 나도 웃으며 좋다는 사인을 보냈다.

서재로 안내되었을 때 나는 "부족한 저를 해양수산부 장관까지 시켜주었는데 기대에 부응하지 못하고 짐만 된 점에 대해 죄송합니

다." 하고 사과했다. 짐은 무슨 짐이냐며 오히려 별일도 아닌데 사표를 받게 되어 미안하다고 했다. 그리고 나의 근황과, 독도 문제, 해운과 조선시장의 불황 등에 대해 광범위하게 의견을 교환했다.

대통령 기록물 사본을 갖고 내려온 것에 대한 이명박 정권의 비난에 대한 이야기가 나왔다. 봉하에 내려오게 되면서 자신의 재임 중 기록물을 제대로 열람할 수 없게 되어 답답한 나머지 사본 하나를 복제하여 가져온 것뿐인데 저렇게까지 문제 삼는다는 것이다. 그들은 마치 국가기밀을 빼돌린 파렴치한 행위로 계속 몰아가고 있었다.

노무현 전 대통령은 처음에는 이해가 부족하여 생긴 일로 알고 이명박 대통령과 대화를 시도했다고 한다.

정권 인수인계 때문에 몇 번 만나면서 이명박 당선자는 전임 대통령으로 잘 모시겠다고 수차례 다짐을 했고, 혹시 어려운 일이 있으면 직접 전화하라며 전화번호를 주었다는 것이다.

"그래서요?"

나는 흥미를 갖고 물었다.

"전화했지. 비서가 받더군. 통화하고 싶다고 하니 좀 기다리라고 해서 기다렸더니 이 대통령이 전화를 받더군. 전후사정을 말하니 잘 알았다면서 실무자들에게 최대한 편의를 봐줄 테니 염려하지 말라고 하더군. 그래서 믿고 기다렸지. 그런데 편의를 봐주기는커녕 이제는 내 참모들을 고발하겠다는 보도가 들리기에 혹시 오해가 있나 싶어 다시 전화했지."

나는 "그래서요?" 하고 되물었다.

"그런데 말이야, 이제 전화도 안 받는 거야!"

당시 미국산 쇠고기 파동으로 민심이 끓어올랐다. 연일 벌어진 촛불집회에서 '이명박 아웃!'이라는 구호까지 나왔다. 이명박 정권은 촛불시위의 배후로 참여정부를 지목하였고, 퇴임 후 전직 대통령이 고향에 살면서 인기가 날로 올라가고 있는 상황이나 각종 정치적 발언을 하는 것에 촉각을 곤두세우고 있었다. 저들은 전직 대통령을 눈엣가시로 여겼다. 노무현 전 대통령과 측근을 망신주어 그 인기를 자신에게 돌리려고 혈안이 되어 있었다.

나는 이러한 상황이 염려되어 말했다.

"대통령님, 검찰을 비롯한 정부의 사정기관이 대통령과 측근의 비리를 찾기 위해 백방으로 뒤지고 있으며 심지어는 '한 건 잡으면

특진'이란 말까지 돌고 있을 정도입니다."

나의 말에 대통령은 웃으며 "설마 그럴 리가 있겠어, 다 유언비어일 거야. 이제 대한민국도 민주국가인데 어찌 그런 일이 있을 수가 있나?"라며 믿지를 않았다.

"이 대통령이 나를 전직 대통령으로 깍듯이 모시겠다고 몇 번이나 약속했단 말이야."

이 대통령의 말을 철석같이 믿고 있는 그에게 혹시 모르니 정치적인 발언은 자제하고 매사에 대비하라고 거듭해서 당부했다. 예정 시간을 훨씬 넘겨 저녁때가 되었다. 노 전 대통령은 나하고 밥을 먹으면 입맛 떨어지니 밥을 못 주겠다며 웃으며 빨리 올라가라 재촉했다.

그는 이명박 대통령의 사탕발린 덕담을 그대로 믿고 있었다.

'믿을 걸 믿어야죠!' 나는 속으로 탄식했다.

잘 벼리어진 날카로운 칼끝은 노 대통령을 향하고 있었다.

퇴직연금만으론 생활이 어려워

2008년 가을 봉하에 갔을 때 노무현 대통령의 첫 물음은 퇴직금으로 생활이 되느냐는 것이었다. 나는 처음 내 생활을 걱정해서 하는 말인 줄 알고 자신 있게 말했다.

"청량리 노숙자들은 담배 몇 개비와 소주 한 병 값만 있으면 만족하는 것 같던데요? 저야 뭐 퇴직연금으로 낭비만 하지 않으면 생활하는데 큰 어려움은 없습니다."

"청량리에서 밥을 푸더니 이제 도인 다 되었군."

나는 당시 밥 퍼주는 목사 최일도와 함께 청량리에서 노숙자들에게 밥을 퍼주는 일을 하고 있었다. 노 대통령은 은근히 내가 부러운 눈치였다.

노 대통령이 말한 정확한 액수는 잘 기억나지 않지만 퇴직 연금으로 세금 등을 제하고 나면 천만 원 정도 받는다고 한다. 그것으로 일하는 사람 둘의 월급으로 400만 원 나가고 집을 관리하고 유지하는 비용 400만 원, 그 나머지 돈으로 생활한다는 것이다. 축의금 등 경조사비용으로 나가는 돈도 만만치 않다고 했다.

그런데 이렇게 큰 집을 빚까지 내어 지었냐고 물었더니, "글쎄 말이야. 내가 잘못 계산한 모양이야."하고 시큰둥하게 답을 하고는 넘어간다. 모자라는 생활비를 어떻게 벌까 궁리중이라고 했다.

나는 하루 빨리 '노무현 재단'을 만들고 집을 재단으로 넘겨 집무실로 활용하라고 말했다. 그리고 작은 집에 살며 출퇴근하면서 미국의 카터 대통령처럼 글을 쓰고 외부 강연을 하라고 했다. 외국의 경우 대통령 자서전의 판권은 천문학적인 액수이고 기업 등에서 강연한 번 하면 상당한 금액의 강연료를 받을 수 있다고 전해 주었다.

"강연 한 번 하고 큰 액수의 강연료를 어떻게 받아?"

노 대통령의 목소리에는 힘이 없었지만 호기심을 보였다.

재단을 빨리 설립하라고 재촉하자 실무적으로 검토하고 있다며 그냥 맡겨 두란다. 내가 뭐 도울 일이 없냐고 묻자 앞으로 그런 일이 생기면 연락하겠다고 했다.

또한 우리는 복지정책에 대해 의견을 나누었다. 노인인구가 급증하는 만큼 가족이 노인을 돌보는 가족의존 복지중심의 기본 틀에서 벗어나 국가 중심으로 전환해야 하고, 저소득층에 대한 구체적이고 광범위한 지원이 필요한데 현실은 그렇지 못하다는 데 의견의 일치를 보았다. 노숙자의 경우 알코올 문제 등 각종 정신질환에 시달리고 있는 만큼 국가 차원에서 그 치료를 담당하는 프로그램을 만들어야 한다고 의견을 모았다.

"내가 대통령 재직 중 크게 잘못한 것이 하나 있는데 당시 기획예산처를 비롯한 경제부처의 말만 듣고 복지예산을 전년 대비 몇 퍼센트 하는 선에서 조금만 올리고 말았어. 복지에 관한 지원이 절대적으로 모자라는 판국에 달랑 몇 퍼센트 올려봤자 별 효과가 없었지. 그냥 총예산 대비 몇 퍼센트, 아니면 GNP 대비 몇 퍼센트를 무조건 떼어 복지 예산에 반영했어야 했는데!"

재임 중 복지정책에 대한 아쉬움이 목소리에 잔뜩 묻어났다.

"이제라도 부자들에게 세금을 많이 내라고 설득해야 하는데, 부자들의 세금을 감세하면서 복지를 획기적으로 늘이겠다는 것은 새빨간 거짓말입니다."

복지문제에 대해서는 두고두고 아쉬움으로 남는다. 꾸준하고 광범위한 시민운동을 통하여 국민의 관심을 높이는 작업이 선행되어야 했다.

"최 장관이 이렇게 복지에 대해 일가견이 있는 걸 몰랐네. 청량리에 나가서 그런가?"

"예, 집사람이 사회복지를 전공하고 관련기관에서 일하고 있어서 같이 이야기를 나눌 기회가 많습니다."

"집사람이 어디 다니는데?"

노 대통령은 내 아내가 집에 있지 않고 사회생활을 한다는 게 신기하고 대견했는지 미소를 지었다. 그러면서 말은 또 이렇게 했다.

"그러면 그렇지, 내가 당신에게 사기 당했구나! 집사람에게 얹혀 살면서 생활에 별 어려움이 없다고 큰소리 쳤구만!"

　사회복지나 집사람에 대해 괜한 얘길 했나 싶어 나는 입을 다물었다.

　정치란 결국 국민의 수준이다. 국민의 수준에 적합한 인물을 지도자로 뽑는다. 그렇다면 우리 국민은 너무 앞섰던 것일까?

노무현과 담배

노무현 대통령이 부엉이 바위에서 뛰어내리기 직전 경호원으로부터 담배 한 개비를 얻어 피웠다는 경호원의 잘못된 진술로 대통령 영전이나 묘비 앞에 담배를 올리는 분들이 많다. 그는 담배를 많이 피우지는 않았지만 애연가였다. 평소 권양숙 여사로부터 담배에 관한 한 심한 통제를 받아 마음껏 피울 수는 없었다.

대통령 재직 중에도 하루에 피우는 담배 개수가 아내에 의해 정해져 있었다. 비서에게 일용할 양식처럼 하루치의 담배를 전해 받았는데 회의 전이나 도중 담배가 떨어지면 참모들로부터 한 대씩 얻어 피우기 일쑤였다. 가장 많이 얻어 피우는 대상이 내가 목격한 바로는 문재인 수석과 허성관 해양수산부장관이었다.

어느 날, 회의 중에 휴게실에서 담배를 피우던 대통령과 애연 각료들은 옆에 앉은 보건복지부 장관으로부터 청와대는 공공건물이므로 금연구역으로 지정되어 담배를 피우면 법에 저촉된다는 경고에 얼른 담배를 끄고는 그들만의 비밀장소 즉 화장실로 가곤 했다.

이게 바로 참여정부 초기의 분위기였다. 자유스럽게 대화하며 소통하고 대통령에게도 할 말 다하고 맞담배를 피우며 책상에 걸터앉고 하며 격의없이 지냈다. 지나치게 의전과 예의를 강조하다 보면 경직되어 할 말을 다 할 수 없다는 대통령의 사고 덕분이었다.

대통령은 담배가 생각나면 누군가와 은밀한 눈짓을 주고받고는 화장실로 향한다. 한번은 화장실에서 담배를 찾느라 허성관 장관의 가슴을 더듬는 대통령의 모습을 목격하기도 했다.

퇴임 후 봉하로 대통령을 찾아뵈러 갔을 때, 서재에 앉아 이런저런 얘기를 나누는 중 담배를 피다가도 반쯤 남겨 재떨이에 고이 모셔놓고는 나중에 다시 불을 붙였다. 그 이유를 물으니 아내가 비서를 통해 하루 다섯 개비만 주라고 통제한다는 것이다. 난 웃으며 그럴 바에야 아예 끊어버리시라고 권했다.

대통령은 어디 마음먹은 대로 되는 것이 있냐며 흡연 또한 인생의 큰 즐거움 중 하나인데 애써 끊을 필요까지는 없다는 것이 그의 변이었다. 그렇다면 마음대로 태우시라 했더니 아내와 약속했으므로 어쩔 수 없다는 것이다. 옛날 같으면 담배를 달라고 할 사람이 많았는데 지금은 그럴 대상도 없단다. 산책을 하거나 산에 오르면 동네 사람들이 사정을 알고 주는 경우도 있고, 담배를 피우고 있는 사람에게 다가가 한 대 달라고 해서 얻어 피우기도 한단다.

　　노 전 대통령은 대화 중에 날아다니는 파리를 맨손으로 잡으려고
팔을 자꾸 휘저었다. 그리곤 마치 잡은 듯 주먹을 움켜쥐더니 잡았
는지 못 잡았는지 알아맞혀 보라고 했다. 난 속으로 '그 실력으로 무
슨 파리를!' 하고 생각했는지라 '못 잡았다'에 걸었다. 그리고는 내가
직접 손을 날려 파리를 잡아 보여주었다.

　　"어떻게 그렇게 쉽게…."

　　그의 입이 딱 벌어졌다.

　　"촌놈도 급수가 있답니다."

　　나는 파리를 얼른 놓아 주었다. 노무현 대통령은 이렇게 서민적이
며 소탈한 사람이다. 사람 냄새가 물씬 풍기는 진국이다. 이런 사람
을 어떻게 딱 알아보고 대통령으로 뽑은 우리 국민, 정말 위대하다
고 생각한다. 그 손으로 다음에 뽑은 사람은 지금 생각해도 믿기지

않지만…, 그 다음 사람은 더욱 기가 막히지만….

그와 같이 일하고, 그와의 인연이 이어졌던 것을 나는 행운이라 여긴다. 그의 밑에서 공직생활을 마감할 수 있었던 것도 좋았다. 참 사람과 더불어 국민을 섬기다가 공직을 떠나게 되었으니 그것은 정말 다행한 일이었다.

청천벽력 같은 소식

퇴임 후 얼마 되지 않아 이명박 정부로부터 갖은 고초를 당할 때 나는 멀리서 안타깝게 바라보면서도 그가 잘 이겨낼 것이라고 생각했다. 사나이 노무현답게 역사와 국민을 믿고 지금의 고난을 의연하게 잘 대처하리라고 믿었다. 그를 도울 길이 없으니 분하고 답답하고 안타까웠다.

그날 아침 나는 운동을 하고 있었다. 그런데 안면이 있는 젊은 사람이 내게 다가와 수수께끼 같은 말을 했다.

"노 대통령이 바위에서 떨어져 위독하시답니다."

그게 무슨 말인가 싶어 잠시 어리둥절했다. 그러자 그가 다시 지금 방송에 나오고 있다는 것이다. 정신없이 집으로 달려가는데 '장준하 의문사'가 머리에 떠올랐다.

'혹시?'

그의 유서가 공개되었다. 문재인 실장이 공식적으로 그의 죽음을
발표하였다. TV 화면을 지켜보면서도 믿어지질 않았다.

'내가 지금까지 사람을 잘못 본 거야. 대통령을 지낸 분이 어떻게
그럴 수가 있나!'

그날 대학원 강의가 있어 D대학교 천안 캠퍼스로 갔다. 내가 나타
나자 학생들이 깜짝 놀란다.

"안 내려가십니까? 오늘 강의는 당연히 휴강인 줄 알았는데요."

"내려가긴, 뭘…."

강단에 서자 다리가 후들거리고 심장이 멈출 것 같았다. 강의 도
중 그의 이름을 입에 올리고 나서 나는 더 이상 말을 잇지 못했다. 눈
물이 주체할 수 없이 흘렀다. 맨 앞줄의 여학생이 손수건을 내어주
었다. 강의는 그것으로 끝났다. 창원에 사시는 아흔을 훌쩍 넘긴 아
버지로부터 전화가 걸려왔다. 언제 문상하러 오느냐는 것이다. 아들
의 심정을 살피는 기색이 전화기 너머로 느껴졌다. 전화를 끊고 그
의 유서를 읽고 또 읽었다.

너무 많은 사람들에게 신세를 졌다.

나로 말미암아 여러 사람이 받은 고통이 너무 크다.

앞으로 받을 고통도 헤아릴 수가 없다.

여생도 남에게 짐이 될 일밖에 없다.

건강이 좋지 않아서 아무것도 할 수가 없다.

책을 읽을 수도, 글을 쓸 수도 없다.

너무 슬퍼하지 마라.

삶과 죽음이 모두 자연의 한 조각 아니겠는가.

미안해하지 마라. 누구도 원망하지 마라.

운명이다. 화장해라.

그리고 집 가까운 곳에 아주 작은 비석 하나만 남겨라.

오래된 생각이다.

그의 고통이 전신으로 전해온다. 그리고 평소 목숨을 초개같이 버렸던 지사들을 유난히 좋아하고 그리워했던 그가 떠올랐다.

그렇다! 그는 지사의 길을 늘 동경했다. 안중근, 윤봉길, 전태일, 그리고 민주화를 외치다 현장에서 목숨을 버리거나 잃은 열사들의 삶을 존경했다.

'아! 그는 몸을 던져 이 시대를 깨우려 했구나!'

급하게 보따리를 쌌다. 봉화로 가는 길, 비는 억수같이 내리고 수 많은 인파가 길을 메웠다. '영원한 노빠' 명계남이 달려와 나를 안으 며 운다. 명계남은 고등학교 때부터 잘 아는 사이다. 국화꽃 한 송이 와 술 한 잔을 올렸다.

'삶과 죽음은 자연의 한 조각이라지만 너무나 다르다는 것을 왜 모르십니까? 가는 분은 그냥 갈지 몰라도 남겨진 사람들이 얼마나 힘든지 아십니까?'

문재인과 나란히 상주 석에 섰다. 수많은 사람이 같이 운다. 소식 을 듣자마자 전국 각지에서 온 사람들이다. 어르신, 젊은이, 아이들 계층도 다양하다.

며칠 밤을 같이 지내며 장례절차를 의논했다. 문재인은 신중하고

침착하게 일들을 정리했다. 현 정부에서 주관하는 장례는 당치도 않으니 거부해야 마땅하다고 분개하는 사람들이 많았지만 문재인은 여러 문제들을 하나하나 차분하게 신중히 처리했다.

광화문에서 국민장이 열리던 날,

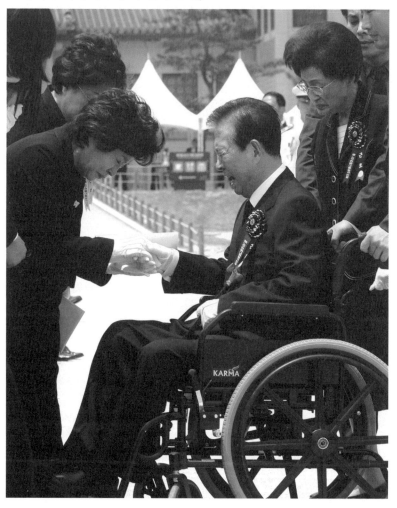

영결식장에서 이명박 현직 대통령이 아무렇지도 않게 헌화하는 모습을 멀리서 보며 화난 마음을 참고 있던 순간, 옆에 있던 민주당 백원우 의원이 일어나 달려 나가며 "사죄하라!"고 고함을 외쳤다. 그는 경호원들에 의해 끌려 나갔다. 국민의 이름으로 진행되는 영결식을 방해했다는 죄목으로 기소되었지만 무죄로 판결이 났다.

참으로 가슴 아픈 2009년이었다. 비극적이고 드라마틱했다. 한 해에 두 분의 전직 대통령이 타계한 것이다. 그것도 민주개혁 노선을 추구했던 15대, 16대 대통령이 87일간의 간격을 두고 연이어 서거했다.

노무현 대통령의 충격적인 죽음 앞에 후회와 원통함으로 통곡하던 국민들은 그 마음을 추스를 겨를도 없이 찾아온 김대중 전 대통령의 서거에 하늘을 쳐다보았다. 그를 보내는 우리들의 마음은 매우 무거웠다. 살아 있는 권력으로부터 추도사마저 거부당한 김대중이 후배 노무현의 영결식장에서 어린아이처럼 통곡하던 모습을 보았기 때문이다. 측근의 만류에도 불구하고 6·15선언 9주년 기념식장에 불편한 몸을 이끌고 나와서 마지막 격정을 쏟아내던 모습이 생생하다.

내가 본 두 사람의 공통점은 책을 정말 많이 읽는다는 것이다. 항상 책을 손에서 놓지 않았다. 김대중 대통령 시절 청와대는 거대한 서고였고 노무현 대통령이 죽음을 결심한 동기 중 하나가 책을 읽을 수 없게 되었기 때문일 정도로 두 사람은 책을 사랑했다.

김대중 전 대통령은 2009년 6월 27일 한 인터넷 언론과의 마지막 인터뷰에서 다음과 같이 말했다.

"독재정권, 보수정권 50여 년 끝에 국민의 정부, 참여정부 10년 동안 이제 좀 민주주의를 해보려고 했는데 어느새 유신, 군사독재 시대로 되돌아가고 있다. 목숨 바쳐온 민주주의가 위기에 처해 있으니 억울하고 분하다!"

두 대통령은 군사독재정권의 폭력과 억압에 맞서 치열하게 싸웠다. 시대상황이 달라 김대중 대통령은 오랜 기간 옥고를 치르고 사형선고까지 받았으며 국가기관으로부터 죽음의 고비를 몇 번 넘겼다. 반면 노무현 대통령은 학생과 노동자들을 위해 길거리에서 최루탄을 마시며 드러누웠고 변호사로서 이들의 아픔을 대변했다.

두 사람은 모두 원칙에 충실했다. 진정한 권력은 국민들로부터 나온다는 것을 아는 지도자들이었다. 한 사람은 '행동하는 양심'을 부르짖었고 한 사람은 "민주주의의 최후 보루는 깨어 있는 시민의 조직된 힘!"이라고 했다. 민주주의의 참 의미를 있는 그대로 실천했다. 불의와 타협하지 않고 좁은 길을 걸었고 역사와 국민은 그들을 마침내 대통령으로 선택했다.

두 사람은 여러 면에서 다르기도 했다. 내가 보기에 김대중은 노련한 사상가였고 노무현은 지사형 선비의 기질이 있었다. 김대중에게는 전략가의 냄새가 풍겼고 노무현에게는 저돌적인 투사의 기질이 넘쳤다.

김대중 대통령 앞에 가면 감히 다가가지 못할 권위가 넘쳐흘렀다.

그는 매우 노련하여 직접적인 감정 표현을 잘 하지 않고 고도의 연출된 모습을 보여주었다.

반면 노무현 대통령은 시골 아저씨 같은 친근감이 든다. 그러나 이 친근감을 믿고 준비없이 다가갔다가는 바로 한방 먹는다. 그는 일을 할 때는 철저하고 냉철한 모습으로 다가온다.

김대중 대통령은 총론에 아주 강했고 노무현 대통령은 총론과 각론은 물론, 다방면으로 아주 강했다. 두 대통령을 생각하자니 마음속에 문득 의문이 떠오른다.

'왜 우리는 이 두 사람을 역사에 공헌한 전직 대통령으로 존경받으며 행복하게 살도록 지켜주지 못했는가? 왜 수많은 이들의 목숨과 희생을 담보로 이루어낸 민주주의는 지금 후퇴하고 있는가? 과연 역사는 발전하는가?'

이에 대한 대답도 바로 우리의 몫으로 남아 있다.

4장
내가 만난 문재인

대한민국의 새벽을 여는 독도

참여정부 초대 대통령비서실 민정수석을 지냈으나, 정치에 뜻이 없어, 1년 만에 청와대를 떠났다. 그러나 민정 수석을 그만두고 네팔 산행 도중 연락이 두절된 상황에서 영자 신문을 통해 노무현 대통령의 탄핵 소식을 보고 즉시 귀국하여 변호인단을 꾸렸으며, 2005년 다시 청와대에 들어가 대통령비서실 시민사회수석, 민정수석을 거쳐 참여정부 마지막 대통령비서실장을 지냈다.

노무현 전 대통령은 문재인에 대해 "노무현의 친구 문재인이 아니라 문재인의 친구 노무현이다. 내가 알고 있는 최고의 원칙주의자"라고 평가했다.

두 남자와의 만남

사람들은 살아가며 많은 사람들을 만난다. 인생이란 만남의 연속이다. 특히 사람들과의 만남을 통해, 인생이 풍성해 지기도 하고 가끔은 어려움에 부딪히기도 한다.

언론에서 많이 알려진 사람이나 특히 정치인들과의 만남은 나에게 큰 실망을 안겨주기도 했다. 언론에 의해 형성된 이미지와 내가 직접 만나면서 알아가는 그 사람의 됨됨이가 너무 다르기 때문이다.

물론 한두 번 만난다고 그 사람의 본질을 다 알 수 있는 것도 아니다. 그러나 얼굴을 직접 보고 몇 마디 이야기를 나누다 보면 대략 그 사람의 철학이나 본질을 알아낼 수 있다. 어떤 친구는 나더러 광화문에 돗자리 펴라는 농담도 하지만 직업상 많은 사람들을 만나 이야기하다 보니 자연스럽게 알 수 있게 되는 것 같다.

사람의 본질이 어느 정도는 이중적이다. 지킬과 하이드에서 보여주는 것 같이 사람의 인성에는 선과 악이 동시에 존재한다. 그리고 내가 이를 통제할 수 없을 때도 간혹 있다. 내 자신도 그럴진대 내가 누구를 쉽게 평가하고 판단하고 심판하고 정죄하고 싶진 않다. 그러나 우리 앞에 자의든 타의든 지도자로 나선 사람들에 대해서는 자연스럽게 평가와 검증의 대상이 될 수밖에 없다.

그래서 나는 정치인에 대해 항상 야박했고 냉소적이었다. 그들은 밤과 낮이 다른 박쥐같았고, 말과 행동이 다른 위선으로 포장되어 있었다.

내가 만난 정치인 중에서 이와 같은 나의 고정관념을 깨어 준 사람은 노무현이었다. 그를 만나면 만날수록 나의 선입견보다 더 멋지고 훌륭한 정치인의 참 면모를 느낄 수 있었다.

난 그에게 바로 빠져들었다. 꼭 이성을 사랑하는 감정에 빠진 것 같기도 했다. 그와 같이 일하면서 정말 신이 났다. 인간적으로 이렇게 멋지고 재미있고 철학과 원칙, 미래에 대한 비전을 가진 사람을 내가 상관으로 만나다니 정말 흥분되는 순간들이었다.

그 당시 오랫동안 계획했던, 공직에서 물러나서 학생들과 함께 법과 인생을 논하며 살자는 꿈을 그를 만나면서 접었다.

그에게 최낙정의 고집 때문에 일 못해먹겠다는 푸념 아닌 푸념도 들었고, 너무 자기주관이 강하며 목소리가 크다는 꾸중도 들었지만, 나의 사욕이나 사심은 다 버렸다. 그와의 격론 속에서 국민을 위한 가장 합리적이고 현실적인 대안을 같이 찾아가는 그 자체, 그리고 비록 의견이 다르더라도 거침없이 서로의 생각을 처음으로 나눌 수 있는 상관을 만난 그 재미에 푹 빠져들었다.

또 노무현과의 만남을 통해 문재인을 알았다. 노무현은 문재인을 친구라고 했지만 문재인은 노무현을 공손하게 상관으로 모셨다. 둘은 정말 대조적이면서도 가잘 잘 어울리는 환상적인의 콤비로 보였다.

두 사람은 철학과 원칙은 공유하지만 이를 실현하는 스타일이 너무 대조적이었다. 긍정적인 의미로 노무현은 나쁜 남자 같았고, 문재인은 착한 교회오빠 같았다.

또한 노무현은 정치판에 일찍 뛰어들어서인지 사람들과 스스럼없이 잘 만났고 농담도 잘하고 정치적 화두를 만들어 스스로 앞장서서 약간 요란하게 뛰어다니는 스타일이라면 문재인은 늘 뒤에서 사려 깊고 매사 신중하며 조심스러워하고 앞에 나서는 것을 별로 좋아하지 않았다.

문재인은 스스로 정치인의 꿈은 애초부터 꾸지도 않았다. 노무현은 정치를 통하여 세상을 바꾸고자 했고 문재인은 뒤에서 조용히 묵묵히 도와주는 형태였다. 대통령과 정무수석, 그리고 비서실장을 하면서도 노무현은 정치적 사고(?)를 저질렀고 문재인은 이를 말리거나 수습하기에도 바빴다. 그들은 사전에 모든 것을 상의했고 문재인은 노무현의 앞서가는 생각을 다듬고 속도를 조절하기도 했지만 역시 정무적 판단은 대통령의 몫이었다.

영원히 노무현 대통령의 친구로 남고, 자유로운 삶을 추구했던 문재인은, 그의 말대로 운명이라는 역사의 부름에 응답하지 않을 수가 없었다. 문재인이 지난 2012년에는 운명에 순응하여 끌려 나왔다면 이제 2017년에는 운명을 개척하고자 스스로 나왔다. 재수를 통해 늘 승리를 쟁취해 온 그가 대통령직 재수에는 어떤 성적을 거둘까?

국민의 선택을 믿는다. 그는 우리 국민과 더불어 이 캄캄한 터널을 멋지게 통과할 것이다.

민정수석 문재인

참여정부 출범으로 문재인은 민정수석이 되어 왕수석이라 불릴 정도로 사회 전반에 걸쳐 막강한 영향력을 행사했다. 나도 지극히 운이 좋은 덕분인지 허성관 해양수산부 장관의 추천과 내부의 다면평가 그리고 청와대의 검증 등을 거쳐 해양수산부 차관에 임명되었다.

난 문재인 민정수석과 개인적으로 친분을 쌓아보고 싶고 해양수산부의 여러 현안에 대해 상의도 하고 싶어서 저녁식사에 한번 초대하고 싶었다.

나의 아내와 그의 아내가 개인적인 친분이 있어서 부부 동반으로 식사를 하면 어떨까 해서 비서를 통해 의견을 전달했다.

며칠 후 그로부터 직접 전화가 걸려 왔다. 완곡한 거절이었다. 청와대 참모로, 그리고 민정수석으로 있는 한 개인적으로 식사를 하기에는 조심스럽고 부담스러운 부분이 있다는 것이다. 대신 내 집사람의 안부를 자신의 아내에게 전했다고 한다.

솔직히 기분은 좋지 않았다. 같은 시대를 살아가는 동년배로서, 밥이나 한 끼 하자고 했을 뿐인데 뭘 그렇게 복잡하게 나오나 하는 생각이 들었다. 그러나 한편으로 이런 사람이 대통령의 비서로서 대통령의 일을 돕는다니 안심이 되었다. 비록 저녁식사 제안을 거절당했지만 그가 사심 없이 일하는 사람이라는 확신이 들어 믿음직했다. 누구에게나 자기의 지위를 좀 과시하고 싶은 욕망이 있고 이를 개인적으로 활용하고자 하는 심리가 내재되어 있다. 그러나 이를 절제할 줄 아는 것이 공직자의 기본의무이다. 난 순간 이를 망각했다.

그는 내가 잠시 잊을 뻔했던 중요한 공직자의 기본자세를 일깨워주었다. 앞으로 고위직 공무원으로서 공사를 분명하게 구분하고 처신을 좀 더 신중히 해야겠다는 다짐으로 이어졌다. 그렇다고 둘 사이가 어색하거나 소원해진 것은 아니었다. 공적인 일로 만남을 청하면 반갑게 응했고 밥값도 그가 부담했다.

차관된 지 6개월 만에 나는 해양수산부 장관에 내정되었다. 노무현 대통령과 청와대에서 단 둘이 점심을 먹을 때 이런저런 이야기를 많이 나누었다. 문재인 수석 이야기가 나왔다. 대통령이 갑자기 내 나이를 물으며 문재인 수석과 동갑이냐고 물었다.

"문 수석 나이는 정확히 모릅니다만 저하고 대학을 같은 시기에 다닌 것으로 알고 있습니다."

대통령은 문재인 수석이 장관을 한다면 어디가 적합할까 묻기에 나는 "법무부 장관이 적임이죠."라고 대답했다.

그런데 대통령이 맥 빠진다는 표정으로 본인이 한사코 고사한다는 것이다. 대통령에게 혹여 부담을 줄 수도 있다며 어떤 장관 자리도 안하겠다고 고집을 부린다는 얘기였다. 해양수산부 장관이 되면 정말 일을 잘할 수 있다고 큰소리쳤던 나 자신이 조금 부끄러워지는 시간이었다.

일견 그럴듯해 보이지만 당내에서도 청와대 민정수석 출신이 법무부 장관으로 기용되는 것은 회전문 인사라며 반발하는 분위기였고 문재인 수석이 법무부 장관으로 기용되면 원칙과 정도로 모든 일을 추진할 것이고 그럴 경우 야당은 물론 여당도 행동에 제약이 따를 것이 두려워 미리 겁을 먹는 것이구나 하는 생각이 들었다. 그래도 대통령이 간곡하게 부탁하면 받아들이지 않을까 생각했는데 청와대의 공식발표에 의하면 문재인 수석의 법무부 장관 기용은 논의되거나 추진되지 않았단다. 그런데도 언론이 먼저 추측 보도를 하고 여당인 열린우리당까지 나서서 반대하니 우스운 꼴이 아닐 수 없었다. 만약 문 수석이 그때 법무부 장관에 기용됐다면 어찌 되었을까? 상상을 해보지만 이 역시 부질없는 가정이다.

총선을 앞두고 당에서는 문재인 수석을 부산 지역의 승부수를 띄울 인물로 보고 국회의원 출마를 종용했다. '징발'이라는 단어까지 동원했다. 노무현 정부의 국정운영을 안정적으로 하기 위해서는 원

내 과반수 의석의 확보가 절실하게 필요하니 경쟁력 있는 자원을 총 동원해야 한다는 논리였다. 그 당시 여당인 열린우리당은 과반수는 고사하고 제1당이 되는 것도 기대하기 어려운 분위기였다.

문재인 수석은 완강히 거부했다. 자신은 정치에 뜻이 없다는 것이다. 그러면서 자신의 원칙론을 고수했다. 나는 그와 마주 앉아 강하게 이야기 했다.

"청와대 참모이니 누구보다도 먼저 대통령을 위해 앞장서야 한다. 알 만한 분이 개인 입장만 내세워 안하겠다고 버티는 것은 도리가 아니다."

그러나 그는 한치도 물러나지 않았다. 마음이 다급한 열린우리당의 정치인들은 원색적으로 "영화는 누리고 희생은 하지 않으려 한다!"며 문 수석을 맹비난했다. 그들이 이렇게까지 나오는 이유를 알 것 같았다. 이번 기회에 그를 청와대에서 내보내고 싶었던 것이다. 원칙과 정도를 고집하며 정치적 타협을 하지 않는 문재인 민정수석이 기존 정치인들은 많이들 불편했기 때문이었다.

노무현 대통령은 어떻게 생각했을까?

직접 언급하지는 않았지만 내심 출마를 바라는 분위기였다고 회고하고 있다. 내 짐작에는 만약 대통령이 그렇게 생각했다면 그의 특성상 강하게 밀어붙였을 것 같다. 하지만 문재인의 성격을 잘 알기에 강하게 밀어붙여도 소용없다는 걸 알지 않았을까?

　이러한 분위기를 감지한 문재인은 건강을 이유로 사표를 내고 청와대를 미련 없이 떠났다. 그가 달려간 곳은 네팔의 히말라야였다. 히말라야 트래킹은 그의 오랜 꿈이었다. 그런데 유감스럽게도 그의 자유는 너무 짧았다. 노무현 대통령에게 생각지도 못한 일이 닥쳐오고 있었던 것이다.

문재인, 나의 다리가 되어주다

해양수산부 장관으로 임명장을 받은 지 15일 만에 거듭된 실언으로 대통령께 걱정을 끼치고 장관직에서 내려왔다. 한바탕 꿈을 꾼 것도 같았다. 그나마 빨리 깨버린 것이 다행인지도 몰랐다. 상처가 아무는데 그렇게나 긴 시간이 필요한 것을 그때는 몰랐다.

공직을 떠나는 날, 관용차는 물론 휴대전화 등 정부에서 지원한 모든 물품을 반납하고 내 차를 직접 운전하여 청사를 나갔지만 어디 마땅히 갈 곳도 없었다. 언론의 돌팔매질을 연이어 당했기에 평소에 가까이 지낸 사람들도 몸을 사리느라 그랬는지 아무도 연락을 하지 않았다. 나를 의식적으로 피하는 사람들도 있었다.

유일하게 전화를 준 사람이 문재인 수석이었다. 그는 나를 진심으로 위로하며 "도와주지 못해 미안하다."고 했다. 나는 "이제까지 도와주어 고맙고 기대를 저버려 미안하다."고 답했다. 그리고 "노무현 대통령에게 죄송하다는 말을 전해 달라."며 전화를 끊었다.

눈물이 한 줄기 흘러내렸다. 나 자신에 대한 회한과 안타까움, 아쉬움이 교차했다. 그리고 인간 노무현과 문재인에게 고맙고 미안했다.

문 수석의 입장에서는 당연한 위로의 말일 수도 있었다. 그러나 도무지 빠져나갈 틈이 보이지 않는 사면초가 속에서 막막하고 황망했던 나에겐 그의 위로가 큰 힘이 아닐 수 없었다.

"혹시 내가 도와드릴 일은 없나요? 정치에 뜻이 있으시다면 나중에 제가 당과 가교 역할을 해 드릴 수도 있습니다."

정치? 난 정말 정치에 뜻이 없었다. 뜻이 없었다기보다는 생리에 맞지 않는다고 생각했고 정치판에 뛰어들지 않겠다고 집사람과 굳게 약속했다. 그래서 문재인 수석의 말을 나는 예의상 하는 말로 듣고 그냥 흘려버렸다.

그러나 문재인 스스로 '운명이다'고 선언했듯이 나에게도 정치라는 운명은 서서히 다가오고 있었다.

2003년 12월, 장관직을 사임한 지 3개월이 지나고 나는 최일도 '밥퍼' 목사를 도와 다일영성수련원에서 도우미로 일하며 마음을 달래고 있었다. 연일 이어지는 추위 속에 배고픈 사람들에게 '청량리 밥퍼'에서 밥을 푸면서 심신의 안정을 어느 정도 되찾았다.

이 시기 열린우리당은 이듬해 4월 총선을 앞두고 술렁이고 있었다. 그런데 부산에서 총선에 출마할 입후보자로 내 이름이 슬슬 거론되고 있었다. 어느 날 부산 지역에서 일부 인사들이 나를 만나자고 연락이 왔다. 그때 내가 국회의원 당선에 관심이 있었다면 열린우리당 불모지인 부산이 아니라 수도권을 요구했을 것이다. 험지인 부산에 출마하여 멋지게 떨어지자는 심정으로 그들의 요구를 수락했다. 나는 조건을 내걸었다. 중앙당 차원에서 무경선으로 조건 없이 영입하겠다면 선거구에 상관없이 희생할 각오로 나서겠다고 했다.

다음날 청량리 밥퍼에 나가니 정동영 열린우리당 당의장이 찾아왔다. 그는 함께 밥을 푸면서 나에게 부산서구에 출마해 줄 것을 정식으로 요청했다.

국회의원 선거에 나가면 이혼도 불사하겠다고 평소 입버릇처럼 말해온 나의 아내도 어쩔 수 없다고 느꼈는지 직장에 휴가까지 내어 열심히 도와주었다.

2004년 3월, 열린우리당 부산서구 국회의원 후보자로 등록하고 선거 사무실을 내는 등 나는 본격적인 활동을 개시하였다.

그런 즈음에 난데없이 '노무현 탄핵'이라는 핵폭탄급 소식이 날아들었다. 대한민국 헌법에 따르면 대통령은 재임 중 형사소추 되지 않지만 직무집행에 있어서 헌법이나 법률을 위배했을 때 탄핵대상이 된다. 탄핵이 되려면 대통령의 중대 위법행위가 있어야 한다. 그 당시 국회는 여당인 열린우리당은 49석밖에 안 되었고 야당은 한나라당 145석, 민주당 62석, 자민련 10석 등 217석에 달했다. 민주당의 주도로 진행된 탄핵은 한마디로 가소로운 일이었다. 정치적으로는 같은 뿌리지만 새 시대를 열기 위해 고심 끝에 열린우리당을 창당한 것에 대한 유치한 분풀이에 지나지 않았고, 한나라당은 신이 나서 가세했다.

저들이 내세운 탄핵사유는 노무현 대통령의 공직선거법 제9조 공무원의 선거중립 의무조항 위반, 대선자금 및 측근비리, 실정에 따른 경제파탄 등이다. 대통령의 사과를 받아내기 위한 정치공세였기에 적당한 선에서 마무리될 줄 알았다. 그런데 노무현 대통령은 사과는 고사하고 정면돌파라는 특유의 공세를 취했다. 그의 기질과 스타일이 그대로 드러났다. 나는 속으로 탄복했다.

한나라당과 민주당은 약이 바짝 올랐고 3월 12일 새벽, 박관용 국회의장이 오전 11시경 경호권을 발동하고 열린우리당 의원들의 저항을 물리적으로 막은 후 탄핵소추안을 상정, 무기명 투표를 강행했다. 그 결과 195명의 출석 의원 가운데 193명의 찬성으로 기습적으로 가결시키고 헌법재판소에 소추의결서를 접수시켰다. 이에 따라 대통령의 권한은 일시적으로 정지되었으며 정국은 탄핵의 여파가 휘몰아쳤다. 여론은 요동쳤다. 국민의 저항은 하늘에 닿았다. 오만과 독선에 사로잡힌 당시의 새천년민주당과 한나라당은 스스로의 무덤을 파고 만 것이다.

2004년 4월 제17대 총선은 열린우리당으로서는 처음부터 승산이 없는 싸움이요, 선거였다. 그런데 분위기가 달라진 것이다. 전무후무한 현직 대통령의 탄핵사건 때문이었다. 선거는 바람의 영향을 아주 많이 받는다. 그런데 탄핵이라는 태풍이 불어 닥친 것이다.

그러나 부산이란 지역의 특성상 긴장의 끈을 놓을 수 없었다. 부산서구는 부산에서 가장 낙후된 지역 중 하나이다. 노인 인구 비율이 전국 최고이며, 한국전쟁 당시 피난민들이 정착한 아미동을 비롯하여 산복도로 위에는 참담한 환경에서 노인들이 살고 있었다.

나는 영국에서 6년 동안 살면서 복지국가의 모델을 직접 체험했고 아내가 사회복지를 전공한 터라 나는 복지의 패러다임을 바꾸고 싶었다. 앞으로는 우리나라도 자식들에게 전적으로 의존하는 '가족형 복지'를 청산하고 국가가 직접 돌보는 '국가형 복지'로 전환해야 한다는 것이 나의 소신이었다. 바다가 눈앞에 보이는 부산서구에 노인복지관을 만들어서 어려운 형편의 노인들을 돌보고, 사회복지사를 많이 고용하여 노인들만 있는 가정을 직접 방문하여 보살피는 제도를 도입해야 한다고 주장했다.

운명의 4월 2일, 이날은 공식적으로 선거운동이 개시되는 첫날이었다. 정동영 열린우리당 의장이 선거유세 중 폭탄발언을 했다는 소식이 들려왔다.

"노인들은 선거에 나오지 않아도 된다."

믿을 수가 없었다. 선발대로 나간 선거운동원들이 정 의장의 발언으로 민심이 난리가 나 말도 못 붙이게 생겼다며 달려왔다. 그래도 설마하며 연설을 시작했다. 그러나 날아오는 배추와 욕설, 심지어 물세례까지 받고는 중단하지 않을 수 없었다. 할 수 없이 연설을 중단하고 개별적으로 명함을 돌리니 "난 60대야!" 하며 면전에서 내가 준 명함을 찢질 않나, "아비도 모르는 ○○새끼!" 하면서 욕설을 퍼붓는 사람도 있었다. 젊은이들은 젊은이대로 자기 부모를 화나게 했다며 지지할 수 없다고 싸늘하게 돌아섰다. 시장 바닥에 아내와 같이 무릎을 꿇었다. 바닥에 흥건한 물과 눈물이 섞여 범벅이 됐다.

"잘못했습니다. 용서하십시오."

아내에게 정말 미안했다. 정치판에 발을 들여놓지 않겠다고 약속해 놓고는 장관이 되자마자 거듭된 말실수로 불명예 퇴임하고, 이제 시장 통에 부부가 같이 무릎을 꿇고 울며 빌고 있으니 말이다. 강고한 지역주의의 벽을 깰 수 있겠다 했더니 그 벽을 다시 쌓은 결과가 되고 말았다.

그래서 공인의 길은 험하고 어려운 것이다. 잘나갈 때 더욱 조심하고 더욱 겸손해야 한다는 교훈을 새삼 일깨워 주었다. 그리고 구체적인 정책이 아니라 바람몰이로, 잘한 것보다는 실수로 승부가 갈리는 한국 정치의 현주소를 온몸으로 실감할 수 있었다.

하지만 국민의 손으로 선출한 대통령을 자신들의 사리사욕을 위해 탄핵한 한나라당, 민주당 등 야당의 행위에 분노한 국민들에 의해서 야권이 맞은 후폭풍은 대단했다. 결국 노무현 대통령 탄핵 사태는 2개월여 만에 헌법재판소 기각이라는 결과로 막을 내렸다. 노무현 대통령 탄핵안 가결에 힘을 보탠 의원들은 제 17대 4·15총선에서 추풍낙엽처럼 낙마했다. 그 결과 열린우리당이 과반이 넘는 152

석을 차지하고, 제1당이던 한나라당은 121석을 얻었다. 탄핵을 주도했던 새천년민주당과 한나라당, 자유민주연합은 여론의 역풍을 맞고 참패했다. 위대한 국민의 힘을 무시한 대가였다.

5월 14일 헌법재판소는 노무현 대통령 탄핵안을 최종 기각했다. 노무현 대통령은 직무에 복귀했다.

13년 전 노무현 대통령의 탄핵에 반대하며 들었던 촛불을 국민들은 박근혜를 탄핵하라며 광화문 촛불광장으로 몰려나왔다. 대한민국의 역사에 길이길이 남을 촛불광장은 권력의 주체가 국민이라는 것을 보여준 시민혁명이다.

대한민국의 권력은 국민에게서 나온다.

5장
정치인 문재인

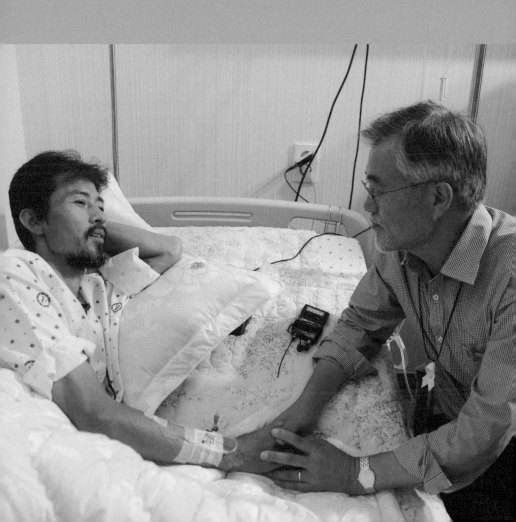

적폐를 청산하고 우리가 만들어야 할 새로운 대한민국의 핵심은 정의입니다. 정의는 정치, 사회, 경제의 모든 영역에서 함께 구현되어야 합니다.
정치적으로 진정한 민주공화국, 사회적으로 공정사회, 경제적으로 국민성장이 새로운 대한민국이 가야할 길입니다.

국민주권이 바로서는 진정한 민주공화국을 만들고 공정사회의 출발은 검찰개혁 등을 통해 권력기관을 정상화하는 것입니다.
재벌개혁, 행정개혁, 입시개혁 등 불공정한 구조와 관행을 바로 잡아야 합니다.
부정부패를 대청소하고 반칙과 특권을 반드시 응징해야 합니다. 특히 병역면탈, 부동산투기, 위장전입, 세금탈루, 논문표절 등 5대 비리관련자는 고위공직에서부터 원천 배제해야합니다.
젊은이들을 학력, 학벌, 스펙과 상관없이 같은 출발선에 서게 하여 평등한 기회를 주고, 공정한 경쟁을 보장해야 합니다. 우리 사회 모든 분야, 모든 영역에서 불공정을 혁파해야 청년들이 꿈과 희망을 가질 수 있습니다.

바람이 다르다

정치를 하지 않겠다고 버티던 문재인이 이제 정치의 제 일선에 섰다. 정치와 자신은 맞지 않는다며 양산의 시골생활에 자족하던 그를 불러낸 건 바로 우리 국민이다. 국민이 그를 원했고 그는 따랐다.

나의 국회의원 선거유세를 도우러 부산에 내려와서는 시민들 앞에 먼저 다가가 인사도 잘하지 못하던 그였다. 내가 능숙하게 시민들에게 다가가는 모습을 보고 진짜 정치인 같다며 탄복하던 그 모습이 잊히지 않는다.

부산에서 처음으로 국회의원에 출마 선언을 한 문재인은 2007년 총선에 참여했다. 그에 앞서 출마하여 낙선한 경험이 있는 내가 보기에도 뭔가 어정쩡했다. 미력이나마 도와주고 싶다는 생각이 들었다.

그가 출마한 사상구의 새누리당 후보는 손수조였다. 문재인을 골

탕 먹이겠다는 의도로 한나라당은 거물급을 고려하다가 정치신인 손수조로 결정을 선회했다. 사상 터미널 부근에 문재인 후보의 선거 사무실이 꾸려졌다. '바람이 다르다'라는 구호 옆에 그의 대형사진 현수막이 내걸렸지만 부산에는 이상하리만큼 박근혜 바람이 생각보다 강했다.

바람에는 맞바람을 놓아야 한다. 문재인을 바람의 중심에 올려놓아야 했다. 그러나 민주당 분위기는 미지근했다. 박근혜는 실질적으로 대통령 후보 수준이 되어 선거를 이끌었지만 민주당은 문재인을 책임있게 내세우지도 못하고 서로 견제하며 눈치를 보며 막연한 낙관론만 펼치고 있었다. 결국 문재인은 책임 있는 지위에서 선거를 이끌 수 없었다. 부산도 장악하지 못한 채 자신의 선거구에만 매달려 있었다.

나에게도 부산서구에 출마해 달라는 제안이 여러 갈래에서 요청이 들어왔지만, 난 정치를 하지 않기로 마음먹었다. 부산서구에서 다시 표를 얻을 요량이었으면 최소한 그곳에 살면서 뿌리를 내렸어야 했다. 내 거주지는 서울이었고 부산에는 '부산 밥퍼' 일이나 해양대학에 강의하러 일주일에 한 번 정도 내려가는 것이 고작이었다. 그리고 '부산 밥퍼' 일을 하면서 선거에 나갈 경우 내가 하는 일에 대한 순수성을 의심받게 된다는 것이 너무 싫었다. '밥퍼' 식구들에게 '이제 정치는 하지 않는다!'는 선언을 미리 해두기도 했다. 제일 중요한 건 나 자신 너무 부족한 인간이며 정치인으로 적합하지 않은 성품이라는 걸 너무 잘 알았기 때문이다.

이제 내 인생에 새로운 판을 벌일 시기는 지나갔다. 혹여 도울 일이 있으면 뒤에서 도와줄 수 있으면 그것으로 족하다.

문재인이 처음 정치에 뛰어들었을 때 그를 잘 아는 사람들은 깨끗한 사람이 혼탁한 정치판에서 잘할 수 있을까 걱정했다. 정치판이 너무 더럽다고 이구동성으로 말하면서도 너무 깨끗한 사람은 또 힘들지 않겠느냐고 우려하고 있으니 사람은 참 이중적이고 간사한 존재이다.

깨끗한 정치, 성실하고 정직한 사람이 제대로 대우받는 세상을 원하는가?

그렇다면 깨끗하고 성실하며 정직한 사람을 우리는 지도자로 선택해야 한다.

깨끗하고 공정한 사회가 되려면 먼저 사회지도자부터 부정과 부패에 가혹하리만큼 단호하게 대처해야 한다. 지금까지 어느 정부도 정치자금에서 자유롭지 못했다. 일단 흙탕물에서라도 살아남아야 하기에 더러운 물이라도 마시지 않을 수 없었다.

문재인은 다른 것 같다. 다른 정치인들은 대부분 조금이라도 더 권력의 중앙부에 머무르기 위해 수단과 방법을 가리지 않는데 그는 대통령 옆에 있으면서도 권력욕에 물들지 않았다. 도리어 하루빨리 자연인이 되고 싶어 그렇게 붙잡는 노 대통령을 뿌리치고 히말라야로 떠나지 않았던가! 그때의 수염 덥수룩한 모습의 사진을 보면 정치인이라기보다 수행자 같아 보인다. 그는 정말 수행자처럼 지냈다.

문재인은 정치인이 될 생각은 꿈에도 없었고 권력욕도 애초에 없는 사람이다. 그의 능력을 누구보다 잘 아는 노 대통령이 장관을 맡아달라고 사정해도 끝까지 거절했던 사람이다. 그는 너무 야박하다 싶을 정도로 공과 사를 엄격히 구분하며 절차를 존중하고 뒤에서 이루어지는 정치적 거래나 밀실작업을 극도로 싫어한다. 원칙을 존중하는 면이라면 나는 그만한 사람을 이때까지 본 적이 없다.

대통령을 선택하는 일을 양복 고르는 일로 비유한다면 아무리 디자인이 멋지고 바느질이 날렵하게 잘되었다 하더라도 천이 좋지 않으면 선뜻 손이 가기 어렵다. 옷은 천이 기본이기 때문이다. 한마디로 표현해 새누리당은 천도 디자인도 옛날과 똑같다. 그 상표를 붙인 옷에는 눈길이 가지 않는다. 이제까지 불량품을 너무 많이 양산해 냈기 때문이다. 그리고 최근 국민들의 촛불에 의하여 끌어내려진 불량품에 대해서는 입에 올리고 싶지도 않다.

시대는 조금씩 바뀌며 진화한다. 노무현 대통령 스스로 '구시대의 막내'라고 자처한 바 있는데 그 막내가 구시대 청산을 책임지고 이 세상을 훨훨 떠났다.

이제 새 시대의 새 아이가 태어나려 하고 있다. 그 아이를 잘 받아 안아 누구보다 잘 키우는 것은 우리에게 남겨진 몫이 아닐까.

문재인의 운명

문재인은 노무현과의 만남과 이별을 '운명'이라고 했다. 노무현 대통령의 유서에 나오는 '운명'과 통하는 것이다. 그리고 대통령 후보로 나서면서 "이것도 나의 운명!"이라고 했다. 이제 노 대통령이 남긴 숙제를 어떻게 풀 것인가 하는 것이 그의 과제로 남아 있다.

2011년 그는 《운명》이라는 책을 집필하며 성큼 국민 속으로 들어왔다. 시대가 그를 원했고 그는 운명에 따랐다.

두 사람 모두 가난한 집안에서 태어나 열심히 공부하여 혼자 힘으로 가난을 극복했다. 그리고 혼자 잘살 수도 있었지만 천성이 그렇게 살도록 그들을 내버려두지 않았다. 법을 공부하여 변호사가 된 것도, 독재 타도와 민주화를 위해 싸우는 학생들을 우연히 돕게 된 것도, 노동자들의 권익을 위해 노동현장에서 치열하게 싸운 것도 우연이 아니었다. 노무현이 대통령이 되었던 것도, 문재인이 대통령 후보가 된 것도 자신의 부와 권력을 위한 것만이 아님은 확실하다.

아마 친구가 그렇게 세상을 떠나지 않았다면 문재인은 정치의 길을 선택하지 않았을 것이다. 노무현은 그를 따르는 사람들에게 정치하지 말라고 공공연히 말했다. 그 말은 도리어 정치를 제대로 해야 한다는 역설로 받아들여진다.

노무현 대통령은 죽음으로 친구 문재인에게 큰 숙제를 남겼다. 사실 대통령이 된다고 해서 꼭 그 숙제가 풀리는 것은 아닐지도 모른다. 대통령이 되지 않는다고 해서 그 숙제를 영원히 못 푸는 것도 아닐 것이다. 어디서 무엇이 되어 살더라도 사람답게 살며 나누며 사는 것이 가장 중요한 것이기 때문이다. 이 세상에서 사람이 제일 중요하다는 것을 아는 사람들이 평화롭게 어울려 사는 아름다운 세상을 만들어 가면 된다. 우리 모두 부족한 존재이지만 나보다 힘든 누군가에게 조금이라도 도움이 되는 것이 바로 그가 남긴 숙제를 푸는 길은 아닐까.

문재인이 노무현을 넘어서야 대권에서 승리할 수 있다고 흔히들 말한다. 그러나 넘어서는 것이 무엇을 말하는지 명확하지 않다. 노무현의 공과 과를 있는 그대로 평가하고 과를 극복함으로써 못다 이룬 노무현의 꿈을 이어받아 더 발전시켜 완성해야 한다는 의미라면 할 말이 없지만, 그런 추상적인 의미 말고 구체적으로 무엇을 넘어서야 한다는 것인지 나도 궁금하다.

노무현을 떼어놓고 문재인을 말할 수 없다. 대통령이 된 친구를 옆에서 돕다가 결국 정치에 입문하게 된 그이지만 대통령의 퇴임 후 일어난 일련의 불행한 사태를 지켜보며 그도 이제는 더 이상 숨을 수만 없다고 느끼지 않았을까.

노무현이 있어 오늘의 문재인이 있는 것은 사실이지만, 그를 넘어서라는 것은 노무현을 밟고 일어서야 하는 산이나 극복할 대상으로 삼으라는 것이 아닐 것이다. 노무현이 꿈꾸었던 '사람이 사람답게 사는 세상'을 위해 양극화와 민주주의의 완성, 고용 불안의 해소, 지역 갈등의 극복, 그리고 민족공동체의 구축을 위해 예나 지금이나 노력을 아끼지 않는, 그는 한 배를 탄 친구요 공동운명체인 것이다.

목적도 같고 방향도 같다. 단지 노를 젓는 스타일과 기술, 그리고 속도와 방법에서 차이가 날 뿐이다.

이명박 주식회사 사장

　지난 정권을 비판하는 것은 다양한 지식과 자료, 검증이 필요하다. 그 어떤 정권도 실수만 있는 것은 아니기 때문이다. 그러나 나는 이명박 전 대통령의 재임기간에 대해서는 그 어떤 방향에서도 긍정적인 평가를 내리기는 힘들다. 단순히 그를 싫어해서도, 그가 보수를 대표해서도 아니다.

　그에게 있어 대한민국은 그저 하나의 회사에 불과했다는 점이 분노케 하기 때문이다. 국가의 운영은 일개 기업과는 다르다. 성공과 이득을 위해서 움직이는 것이 아니라, 균형과 약한 자를 보호하는 데서부터 출발한다. 특히 가진 자보다는 서민들을 지켜야 하며, 그들이 가지고 있는 고민과 삶의 무게를 조금이라도 이해하고 해결하는 것에 집중해야 한다. 그 기본적인 제도 하에 살림살이를 부하게 만드는 것이 지도자의 도리다.

이명박 정부는 출발할 때부터 '경제'를 내세웠다. 2007년 대선 당시, 대한민국은 지금과 마찬가지로 정권심판이 대세로 자리 잡았다. 가장 강했던 것은 지금도 잘 이해가 안 되는 '반노무현' 프레임이었다. 언론과 보수가 만들어낸 이 프레임은 순식간에 대한민국을 휩쓸었다.

그러다보니 대통합민주신당 정동영 대통령 후보 등 당시 여권(현 야권) 주류는 '노무현 색깔 빼기'에 급급한 분위기였다. 이어 이런 '정권심판론'은 '경제부활'에 대한 강력한 물길로 변하기 시작했다. 이때 두각을 나타낸 것이 현대건설의 신화이자, 서울 청계천의 부활을 이루어낸 이명박이었다. 당시 그는 불도저 리더십을 내세우며 대한민국의 경제를 살리겠다고 나섰다.

어디에서도 그를 이길 후보는 없어 보였다. 결과는 예상한 대로였다. 그런데 정말 그는 대한민국의 경제를 부활 시켰을까? 나아가 그가 말한 대한민국 CEO론은 무엇이었을까?

한 CEO가 인터넷에 올린 글을 유심히 본 적이 있다. 이명박 대통령의 리더십과 관련해 "기업체 사장의 리더십과 대통령의 리더십은 다르다. 그러나 이명박 대통령은 그 차이를 잘 모르는 것 같다."고 말했다. 그렇다. 국가는 기업이 아니다. 합의의 절차가 필요하고 낮은 자, 약한 자, 못가진 자, 손해 보는 자들의 목소리에도 귀를 기울여야 한다.

이명박 전 대통령의 서울시장 시절을 돌아보면 그가 바라보는 국민들이 그에게 어떤 의미인지를 알 수 있다. 서울시장 시절에도 그는 불도저 리더십을 내세웠다. 청계천 복원공사 때 상인단체와의 담판, 버스전용차로 설치를 비롯한 교통체계 개편과 관련한 버스회사와의 담판, 그리고 뉴타운 공사를 위한 주민단체와의 담판 등 그는 각종 큰 사업에서 담판을 잘 마무리했다.

그런데 이 과정에서 이명박 서울시장에게 시민은 '따라야 할 대상'이 아닌 '극복해야 할 대상'일 뿐이었다. 사업을 반대하는 환경단체와 시민들, 터를 빼앗긴 이들의 울부짖음은 그가 계획한 미래의 구상에서 불필요한 장애물이었을 뿐이다. 그들을 무시하더라도 결과물이 잘 나오면 언론은 그를 칭찬하기 바빴다. 당연히 이명박은 결과에 집착하게 된다.

그것이 바로 대운하 사업을 위한 4대강 사업이었다. 그 어떤 반대가 있더라도 담판을 짓고 이겨내어 사업을 진행하면 국민들이 자신의 편을 들 것이라고 생각했던 것이다. 많은 국민이 우려하는 자연훼손이나 지질변경 등 자손에게 물려줄 금수강산은 자신이 생각할 문제가 아니었다. 그는 '복잡한 것은 자신의 몫이 아니라고 생각했다. 자신은 '원청업체' 미국과의 관계 같은 것을 풀어내는 역할을 맡고 국회는 '정치 하청업체'인 한나라 당이 알아서 하며, 민심 같은 것은 조·중·동과 같은 '여론 하청업체'에게 맡기면 된다고 여겼다.

2010년 12월 13일,

4대강 사업 저지를 위한 천주교 연대는 두물머리 생명평화미사 300일 째를 맞아 다음과 같은 발표를 한다.

춥고 흐린 날씨 속, 눈 내리고 비 오던 지난 12월 8일 저녁. 우리는 전경차로 둘러싸인 국회 앞 4대강 농성장에서 정부 여당의 4대강 예산 날치기 소식을 들었다. 그리고 국회에서의 폭력적인 예산 강행 처리 모습을 보며 우리는 이 정부는 더 이상 민주주의 정권이 아님을, 국민의 선택으로 선출되었으면서도 국민을 위한 여당이 아님을 확인하였다. 민주주의 정부라면 어떻게 3년 내내 국민의 피와 땀이 베인 예산을 단 8분 만에 통과시킬 수 있는가? 민주주의 정부라면 국민 대다수가 반대하는 4대강 사업을 또 다시 통과시킬 수 있는가? 그리고는 국민을 위한 '정의' 운운하는 기가 막힐 노릇이 벌어지고 있다. 어떻게 국민의 혈세를 국민의 뜻과 다르게 폭력적으로 발로 차버린 행동이 '정의'일 수 있는가? 이것은 명백하게 '불의'다! 국민의 뜻을 저버린 불의이며 부정의이다.

4대강 사업은 명백히 '파괴를 위한 개발 사업'이다. 공사 현장에서 죽어가는 뭇 생명들과, 어머니 강이 죽어가는 파괴 사업이다. 낙동강에서만 토건사업에 항의해 3명이 죽었고, 한강에서만 6명이 사고사로 죽었다. 자연 뿐만 아니라, 인간의 생명도 죽어가고 있다. 그런데 4대강 사업이 모두 끝난 다음에 그때 가서 판단하자고 과연 말할 수 있는가? 자연 과학자들과 전문가들에게 맡겨야 한다고 어찌 말할 수 있는가?

우리 종교인들은 생명과 평화의 가치를 고민하고 살아내는 사람들이다. 그 이유는 간단하다. 스승이자, 삶의 모범인 예수의 삶이 그랬기 때문이다. 예수에게는 오로지 '삶의 변화'가 관심사였다. 그의 관심사는 발전과 개발이 아니라 생태계와 치유였다. 예수는 진정 정신적으로 성장하는 사람이었기에, 자연스러운 삶의 토대를 파괴하는 외적인 성장에 사로잡히지 않았다. 아니, 오히려 외적 성장과 개발을 거부한 분이었다. 이런 생태적 예수를 닮고 살아가는 것이 우리 사제들의, 우리 종교인들의 역할이다.

이제 우리는 오늘날 시대의 모습을 바라보며 생태적 예수의 모습에 따라, 그리고 구약의 예언자의 모습을 따르고자 한다. 현재 악을 저지르며 정의를 왜곡하고 있는 이명박 정권이야 말로 '불의'임을 선포한다. 우리 사제들은 다시 4대강 반대와 생명을 죽이는 토건 정부 반대운동에 나설 것이다. 생명과 평화를 거부하는 정권은 반드시 망한다. 정의를 왜곡하고 다수의 힘으로 악행을 일삼는 정권은 반드시 망한다. 주권자인 국민의 뜻을 거스르는 정권은 망할 것이라는 진실을 우리는 반드시 증명할 것이다!

그런데 이명박 정권은 '미국 쇠고기 수입'에서 실패를 맛본다. 방해물이자 설득의 대상이며, 결국 결과에 박수를 칠 뿐인 전 국민들이 나서서 분노의 목소리를 쏟아낸 것이다. 촛불로 모인 국민들은 그를 향해 '너나 먹어라'란 야유를 퍼부었고 그때서야 그는 국민이 자신의 부하직원이 아니라는 것을 감지한 것이다.

이명박 전 대통령이 좋아하는 결론만 가지고 이야기 해보자. 그는 대한민국의 경제를 부활시켰는가?

노무현 정권 집권 기간인 2003년부터 2007년까지 연평균 소비자

물가는 단 한 번도 4%를 넘지 않았다. 오히려 03년과 04년에는 3% 중반대였고, 이후 3년 동안은 2%대였다. 그런데 이명박 정권은 집권 첫 해인 2008년에 소비자물가 상승률 4.7%를 달성하더니, 2011년에는 매달 4%가 넘는 고공행진을 이어갔고 급기야는 5.3%라는 기록적인 상승률을 보이기도 했다. 또한 이명박 정부 때 일반 정부와 공기업 등 공공부문의 부채가 거의 배 수준으로 늘었다. 특히 공기업의 부채 증가액은, 노무현 정부 때의 3배에 달했다. 이명박 전 대통령이 퇴임할 때까지 5년간 늘어난 공공 부문 부채는 총 435조 2천억 원에 달한다. 이는 이명박 전 대통령이 취임한 2008년 1분기(480조4천억 원)보다 90.6%가 늘어난 것이다.

이 가운데 중앙정부, 지방정부, 국민연금 등 사회보장성 기금을 합한 일반 정부의 부채는 2008년 3월 284조 5천억 원에서 올해 3월 514조 8천억 원으로 230조 3천억 원(80.9%) 증가했다. 금융공기업을 제외한 공기업의 부채는 퇴임 당시 400조8천억 원으로 5년 전(195조 9천억 원)의 갑절 이상이 됐다.

가계부채도 말할 것 없다. 부동산 경기가 활황기이었던 노무현 집권 5년간 가계부채가 2003년 472조 원에서 2007년 665조 원으로 193조 원이 늘어났다. 이명박 집권 5년간은 부동산 경기 침체기였다. 이 기간 가계부채가 2008년 724조원에서 2012년 964조원으로 240조원이 증가했다. 노무현 정권 시절보다 57조원이나 더 많이 늘어난 것이다.

이에 따라 가계부채가 2013년 1000조원을 돌파해 1021조원으로 늘었다. 반면 이명박 정부 5년간 삼성과 현대는 승승장구해 세계적인 기업으로 성장했다. 국가가 나서서 친 대기업 정책을 폈기 때문이다. 결국, 이명박의 5년간 정부와 개인은 빚더미에 올랐고 대기업은 공룡으로 성장했다.

그럼 경제성장률은 어떠했는가?

노무현 정부 때 안정되게 4%대의 꾸준한 성장을 이어간 반면, 이명박 정부시절 2.9%의 낮은 성장률에 머물렀으며 이명박 정부 마지막 해인 2012년에는 경제성장률 세계 117위로 2년 만에 60단계나 급락했다.

과연 그는 누구를 위한 CEO였던 것일까? 그에게 국민이라는 개념은 존재했을까?

18대 대통령 선거

2012년 12월 19일 아침, 날씨는 생각보다 추웠다. 그해 겨울은 유독 한파가 많았다. 아침 동이 트기 전 눈을 뜬 나는 창밖을 바라보며 왠지 모를 긴장감에 몸이 경직됨을 느꼈다. 전날까지 언론에서는 이번 대선이 박빙의 승부를 낼 것이며 최종적으로 문재인 민주통합당 후보가 승리할 것이라는 예측을 다수 내놓았다.

사실, 그런 예측은 보편적으로 합리적인 결론이었다. 지난 5년간 이명박 정권에서 바뀐 것은 거의 없었다. 노무현 전 대통령이 이뤄놓은 민주주의 가능성은 퇴보했고, 안보는 다시 불안해졌으며, 우리의 아름다운 강들이 파헤쳐져 너덜너덜 해졌다. 국가의 빚은 더욱 늘었고, 중소기업의 삶은 더욱 힘들어졌다. 당연히 서민들은 얄팍해진 지갑을 부여잡고 하루하루 버텨나가야만 했다.

무엇보다 노무현 대통령의 비극적인 죽음에 대한 분노가 야권 지지자들의 가슴에 시퍼렇게 살아 있었다. 솔직히 나는 그 분노가 야권을 넘어 전 국민의 50% 이상에게 자리했을 거라고 생각했다. 아무튼 야권의 양대 거목인 노무현과 김대중 전 대통령이 없어진 대한민국에서 야권의 승리가 다시 한 번 점쳐진 것은 그만큼 시대가 암울했기 때문인 듯 했다.

그럼에도 떨칠 수 없는 불안감은 이상하리만큼 아침부터 커졌다. 박근혜 후보는 새누리당의 전폭적인 지지를 받으며 당의 대권 후보로 자리 잡았고, 다른 대선 후보에 비해 비논리적이고 비현실적인 공약을 내놓고 있음에도 누구 하나 이의를 제기하지 않는 분위기였다.

나는 박근혜 후보의 미소에서 가끔 섬뜩함을 느꼈고, 한국 최초 여성 대통령이라는 타이틀보다 보수정권의 재집권이라는 숨겨진 타이틀이 더 크게 다가왔다. 무언가 대한민국을 뒤에서 움직이는 검은 손길들이 선거 곳곳에 자리하고 있다는 느낌을 지울 수가 없었다.

문재인 역시 긴장했을 것으로 생각된다. 젠틀하고 깔끔하며 섬세한 그는 대선에서 말을 상당히 아끼며 실수를 줄이고자 애썼다.

그래서인지 그는 민감한 상황에서는 신중하게 발언했고, 자신의 말을 몇 번이나 곱씹은 뒤 발언하는 느낌이 강했다. 그럼에도 불구하고 선거 후반 몰아친 빨갱이 논리는 여전히 대한민국을 시끄럽게 했다. 특히 인터넷상에서는 유난히 문재인에 대한 원색적인 비난의 댓글이 기하급수적으로 증가했다. 후에 그 모든 것은 국가기관에 의해 조작된 것으로 밝혀졌다.

이제와 돌아보건대, 당시 민주통합당은 내외로 많이 분열된 상태였다. 대선이라는 큰 명제 아래 일단 단합하는 모습을 보이고는 있었지만, 당내의 불협화음은 공공연히 당내 이곳저곳에서 드러났다.

경선에서 그런 흔적은 고스란히 남아 있었다. 민주통합당은 2012년 6월11일 조경태 의원을 필두로 6월14일 손학규 상임고문, 6월17일 문재인 의원, 6월26일 정세균 의원, 7월 5일 김영환 의원, 7월 8일 김두관 전 경남도지사, 7월15일 박준영 전남도지사, 7월21일 김정길 전 행정자치부 장관이 대선 후보 출마를 공식 선언했다. 이후 7월31일 조경태, 김정길, 김영환 후보가 민주통합당 예비경선에서 탈락했고, 8월21일 박준영 후보가 자진 사퇴했다.

남은 이들은 노무현 대통령의 유지를 전면에 내세우며 대통령 선거에 나섰다. 옆에서 지켜보기에는 공정한 경선이었고 또 문재인 스스로 많은 기득권을 포기한 선거였지만, 당내에서는 그리 비춰지지 않은 듯 했다. 경선룰이 그에게 유리하다는 지적이 다른 후보들 입에서 쉬지 않고 쏟아져 나왔고, 언론은 '친노'와 '비노'라는 이상한 프레임을 만들어 후보들에게 씌워 놓았다. 노무현이라는 야권의 상징을 철저하게 사분오열 시키고 있었던 것이다.

불안과 긴장, 그리고 기다림의 시간이 지나고 선거가 마감됐다. 출구조사를 보기 위해 나 역시 긴장된 마음으로 TV에 시선을 고정시켰다. 지상파 3사의 공동 출구조사가 발표되자 나와 내 지인들의 입에서는 신음이 터져 나왔다.

오차범위내 초박빙 접전

새누리 박근혜 **50.1%** 1.2%P **48.9%** 문재인 민주통합

개표방송 초간단 정리!
(Create by IROHA)

결과는 박근혜 50.1%, 문재인 48.9%로 오차범위 내 박근혜 후보
의 우세로 나왔기 때문이다. 그러나 JTBC 출구조사에서는 두 후보
간의 격차가 더 좁았고(박 49.6%, 문 49.4%), YTN 예측조사에서는 문재
인 후보가 오차범위 내에서 우세한 것으로 나왔다.

미세한 차이로 박근혜가 앞섰다는 사실이 충격이었다. 야권 지지
자들은 지난 17대와 달리 전폭적으로 뭉쳐있었고, 문재인 그 스스로
의 인기도 높은 후보였다. 공약이나 정책 역시 어디 빠질 데가 없었
다. 아무리 되짚어 봐도 그가 밀릴 이유는 없었다. 여기에 안철수 열
풍까지 가세해 야권은 젊은 층의 지지도 더해진 상황이었다.

결국 이제 남은 것은 출구조사가 뒤집어질 것이라는 믿음 하나로
TV화면을 지켜보는 것뿐이었다. 믿을 것은 투표율이었다. 18대 대
선의 투표율은 75.8%로 총 선거인수 40,507,842명 중 30,721,459명이
투표권을 행사했다. 이는 17대 63%, 16대 70.8%에 비해 상당히 높은

수치였다. 전통적으로 투표율이 높으면 야권이 승리할 가능성이 높다는 속설, 이것 하나가 유일한 희망이었다.

그러나 결과는 박근혜 후보가 대한민국 헌정사상 최초로 과반수를 넘는 51.55%를 기록하며 대통령에 당선됐다. 그녀가 대단한 것이 아니라 정확히는 보수를 자칭하는 조직의 승리였다. 이명박의 5년을 힘들게 버텨냈던 야권 지지자들은 다시 박근혜의 5년을 버텨내야 했다.

문재인 역시 충격을 받은 표정이었다. 사실 이번 선거는 누가 봐도 그의 승리가 점쳐진 상황이었다. 시종 내내 그가 박근혜 후보보다 앞서 나갔고, 사람들의 지지는 하나로 단단히 뭉쳐져 정권교체를 열망했다. 세상은 새로운 지도자와 새로운 정권을 원하는 분위기였다.

어디서부터 꼬인 것이었을까. 선거 후반으로 갈수록 여론조사에서 박근혜 후보가 미세하게 앞서고, 보수 결집층의 출처도 알 수 없는 빨갱이론에 흔들릴 때도 야권은 이미 승리에 취해 별다른 대안과 대책을 마련해지 못해서였을까. 아니면 사분오열하는 당을 끌고 선거에 나서면서 야권 후보 특유의 저돌성을 스스로 자제해야 했던 문재인의 잘못이었을까.

사실 민주당과 문재인 후보의 패배조짐은 그전에 실시된 국회의원 선거에서 나왔다. 선거전의 여론조사는 새누리당과 민주당이 박빙이었고 근소한 차이로 민주당이 다수당이 되리라고 예측했지만 결과는 새누리당이 비례대표 포함 152석으로 과반수를 넘겼고 민주당은 127석을 얻는 데 그쳤다. 새누리당은 박근혜 대표가 차기대선 주자로 선거를 지휘한 반면 문재인 후보는 당의 견제로 부산권역에 머물러야만 했다. 이 선거결과는 안정적 국정운영을 바라는 노장층들이 박근혜를 지지하는 좋은 여건을 만들어 주었다.

또한 민주당이 체계적으로 박근혜 후보에 대한 검증을 하지 못했다. 독재자 박정희대통령의 딸임을 부각시키는 나머지 오히려 박정희 향수를 불러일으켰고 최태민목사와 관련된 사항도 박근혜 후보의 강한 부인에 부딪히자 힘을 발휘하지 못했다. 그리고 결국 국민은 100% 행복한 나라라는 구호에 속아 10% 행복한 왕국 만들기에 동참하고 말았다.

당시 국정원은 조직적으로 선거에 개입했다. 야당은 댓글 부대를 추적했고, 댓글이 작성된 장소와 사람을 잡아냈다. 놀랍게도 그 사람은 국정원 여직원이었다. 그 여인은 불법으로 감금되었다며 3일을 스스로 버텼고 문을 열고 나와 자신은 아무런 짓도 하지 않았다고 했다. 자신의 집안에서 셀프 감금을 선택한 국정원 여직원은 상부의 지시를 받으며 흔적을 다 지웠고 방어 전략에 나선 국정원과 경찰 그리고 박근혜 후보의 행태는 경악 그 자체였다. 선거가 코앞으로 다가온 상황에서 박근혜 당시 후보는 TV 토론회에서 일방적으로 국정원 여직원을 비호하고 나서 연약한 여성을 불법으로 감금한 자체가 여성의 인권침해이며 민주국가에서 있을 수 있는 일이냐고 적반하장으로 공격했다.

경찰도 맞장구쳐 서둘러 늦은 밤 갑작스럽게 중간보고를 하며 조사 결과 선거에 개입한 적이 없다고 주장하고 나섰다. 박 후보의 말에 화답하는 경찰의 발 빠른 행보는 결과적으로 이들이 얼마나 조직적으로 불법 선거에 개입해왔는지 알 수 있게 하는 대목이다. 그 뒤 법원은 감금이 아니다며 당시 민주당 의원들에 대해 무죄가 선고되었지만 뒷북일 수밖에 없었다.

또한 당시 원세훈 국정원장의 지휘 하에 군을 포함한 국가정보기관이 총동원되어 민주당 대통령 후보를 노골적으로 비난하는 등 조직적이고 노골적으로 선거에 개입했다. 전직 국정원 직원들의 증언을 보면 원 원장이 들어선 후 '종북좌파'라는 단어를 적극적으로 사용하기 시작했다고 한다. 자신들의 생각과 다르면 모두 '종북좌파'로 나눈 뒤 공격해왔다는 사실이 명확하게 드러났다. 이명박근혜 시대 일상이 되어버린 '종북좌파'는 국정원주도로 탄생한 관제프레임인 셈이다. 선거를 앞두고 벌인 국정원 직원들의 조직적인 선거 개입의 조사과정에서 경찰은 국정원이 얼마나 집요하게 선거에 개입했는지 알면서도 그들은 모두 숨겼다. 공권력은 그렇게 부당한 권력이 재창출되는 데 적극적으로 협조했다.

다음날, 문재인은 대선 패배 승복 기자회견을 가졌다.

"국민 여러분 죄송합니다. 최선을 다 했지만 저의 역부족이었습니다. 정권교체와 새정치를 바라는 국민의 열망을 이루지 못했습니다. 모든 것은 다 저의 부족함 때문입니다. 지지해주신 국민 여러분께 머리 숙여 사과드립니다. 선거를 도왔던 캠프 관계자들과 당원 동지들 그리고 전국의 자원봉사자들께도 깊은 위로를 전합니다. 패배를 인정합니다. 하지만 저의 실패이지 새정치를 바라는 여러분의 실패가 아닙니다. 박근혜 후보에게 축하의 인사를 드립니다. 박근혜 당선인께서 국민통합과 상생의 정치를 펴주실 것을 기대합니다.”

가슴이 찢어지고 분노가 치밀었다. 어둑해진 거리를 내려다보며, 나는 뜨겁고 또 차가워진 머리와 가슴을 어찌할 바를 몰랐다. 이길 수 있는 싸움이었다. 뛰어난 장수가 있었고, 그를 지지하는 수많은 사람들이 있었다. 적은 명확했고 그 적을 물리칠 명분도 확실했다. 이날의 패배감은 지난 17대와는 비견할 바가 못 되었다. 마치 하늘이 무너진 느낌이었다. 그것은 문재인도 마찬가지였을 것이다.

호남의 아픔

　어느 누구에게나 숙명적인 아픔은 있다. 이 아픔은 직접 체험하지 않고는 감히 가슴으로 느낄 수 없다. 난 경상도 출신이기에 호남의 아픔은 머리로서는 이해하고 공감할 수 있지만 나의 일부분이 되지 못한다. 아무리 호남 친구들이 많고, 며느리가 전주, 사위될 녀석이 나주출신이라 하더라도 내 가슴으로는 받아내질 못한다.

　호남의 아픔은 바로 우리 민족의, 민주주의 아픔이다. 국가공권력에 의해 가족과 이웃이 학살당하는 현장의 아픔을 몸으로 받아낸 호남을 품지 않고서는 우리나라 정치나 민주주의는 완성될 수 없다. 야권에 몸을 담은 사람이라면 호남의 중요성을 모를 수가 없다. 특히 선거에서 그들이 보여주는 어마어마한 결집력은 야권을 이끌어 가는 커다란 원동력이다. 뒤집어 생각하면, 선거에서 패배했을 때 가장 강한 충격을 받은 것도 호남이었다.

18대 대선 직후 야권은 피폐해졌다. 서로가 서로에게 책임 추궁을 하기 바빴고, 지지자들은 허망한 표정으로 일상을 맞이해야 했다. 이 과정에서 야권이 놓친 것이 있었다. 바로 호남을 달래는 일이었다. 18대 대선에서 광주와 전남은 경이로운 표심 그 자체였다. 특히 광주는 투표율 80.4%로 전국 1위를 차지했다. 문재인에 대한 지지율은 92%. 어느 민주국가에서 좀처럼 보기 힘든 전폭적인 지지였다.

당연히 그 패배감도 다른 지역보다 클 수밖에 없었다. 문재인도 상심이 컸을 것이고 자신을 지지해준 호남 유권자를 대하기가 죄송스러웠을 것이다. 내가 아는 문재인이라면 그렇다. 그는 선거가 끝났다고 자신을 지지해준 사람들을 모른 척할 사람이 아니라는 것은 안다. 오히려 그는 미안하고 죄송스러운 마음에 광주시민들을 볼 수가 없어서 찾아가 제대로 위로해 주지 못했을 것이다.

그렇다면 민주통합당 의원들이라도 광주로 내려가 호남을 달랬어야 했다. 사과하고 고개를 숙이며 미안하다고 말해야 했다. 그런데 아무도 그런 행동을 하지 않았다. 야권을 전폭적으로 지지해준 지역에 진심어린 위로 한마디 건네주지 못한 것이었다(이것은 훗날 어마어마한 결과를 초래하게 된다). 그 와중에 눈물겨운 뉴스를 하나 보았다.

야권의 주요 인사들이 외면하는 동안, 당시 보수를 자칭했던 표창원 전 경찰대 교수가 홀로 광주를 찾은 것이다. 그는 그해 12월22일 오후 광주 충장로 거리에서 프리허그를 행했다. 그 별것 아닌 행사에 모인 광주시민은 무려 3000명이었다. 광주우체국 일대는 경찰 병력이 통제해야할 정도로 많은 인파가 몰렸고 흡사 대선후보 유세현

장을 방불케 했다.

표창원 전 교수는 메가폰을 들고 목이 쉬도록 절대로 절망하지 말자고 소리쳤다. 수천 인파로 인해 한 사람당 포옹시간이 1~2초에 그쳤음에도 줄이 모두 사라지는데 두 시간 가량이 걸렸다. 광주시민들의 절망이 얼마나 컸는지, 그리고 그들에게 위로가 얼마나 절실했는지를 알 수 있는 대목이었다. 그들은 표창원 전 교수를 보며 오히려 "고맙습니다", "사랑합니다"라고 말했다.

그 시각, 민주통합당은 비상대책위원회의 역할과 위원장 선출 방식 등을 놓고 주류와 비주류 간에 심각한 계파 갈등을 빚고 있었다. 그랬다. 그들에게 호남의 몰표는 당연한 것이었고 그 역할이 끝나자 손을 뗀 것이다. 상처를 위로해줄 마음도, 그들에게 고개를 숙이는 작은 행위조차도 잊어버린 것이다.

더욱 아쉬운 것은 광주의 그 거리에 표창원 전 교수가 아니라 그 자리에 문재인이 있었어야 하는 것 아닌가 하는 마음이다.

자신을 전폭적으로 지지해준 광주를 껴안고 같이 고통을 나누며 눈물을 보였으면 후일 그가 겪게 될 고통의 상당부분이 감해졌을 수도 있었다. 허나 이 부분 역시 젠틀 문재인이기에 그럴 수 있었다고 생각한다. 그는 패배했고, 그것을 깔끔하게 그리고 온전히 자신 홀로 받아들이려고 했을 것이다. 누구의 책임도 탓도 아닌 자신의 잘못으로 완전히 소화한 뒤 세상에 얼굴을 드러내려고 말이다.

야권의 후보로서 패배로 초췌해진 모습을 보이기보다 스스로 상처를 봉합하고 다시금 당당히 국민 앞에 나서고자 했음을 나는 알

수 있었다. 그것이 그가 가진 강함의 원천이고 그가 갖춘 지도자의
덕목이기 때문이다.

2017년 1월 22일 광주·전남 대선조직 '포럼 광주 출범식'이 광주
김대중 컨벤션 센터에서 개최되었다. 이 자리에 참석한 문재인은 당
시를 이렇게 회상했다.

"호남에 대해 참 송구하다. 참여정부 5년, 그 앞 김대중 정부 5년
까지 해서 민주정부 10년이 호남의 삶과 소외, 상실감을 근본적으
로 바꾸지 못했다고 생각한다. 18대 대선 패배 이후, 호남의 상실, 소
외가 더 깊어졌다. 너무나 면목이 없어서 와서 죄송스럽다는 인사도

제대로 드리지 못했다. 호남을 서운하게 했다,"고 말을 꺼냈다. 이어 "사실 저는 많이 부족한 사람이다. 광주 시민에게 다시 문재인의 손을 잡아 달라 부탁드릴 염치가 없는 사람이다. 광주와 호남이 전폭적인 지원으로 참여정부를 만들어주셨는데, 참여정부가 호남의 아픔을 다 해결하지 못했다. 그런데도 지난 대선 때 또 기적 같은 지지를 저에게 모아주셨다. 송구스럽게도 제가 그 기대에 부응하지 못했다."고 사과했다.

이 사과에 앞서 광주전남의 민심은 그에게 상당히 노한 상태였다. 그렇다고 그의 사과가 이번이 처음은 아니었다. 그는 대선 패배 후 줄기차게 호남을 찾았고, 그때마다 고개를 숙였다. 허나 이미 딱딱해진 그들의 마음을 달래기엔 광주 호남의 아픔은 깊었다.

광주뿐만이 아니었다. 18대 대선 패배는 전국의 야권 지지자들을 허탈감 속에 빠트렸고, 야권에 대한 시각을 바꿨다. 좀 더 강력한 야권의 단합된 힘을 원했고, 직감으로 느끼는 박근혜 정부 5년간의 불안감은 극에 달했다. 그리고 그 직감에 부응(?)하기라도 하듯 박근혜 정권은 온갖 비리들을 생산해내며 지탄의 대상이 됐다.

한 번의 큰 상처는 사실 봉합됐다 하더라도 고통의 기억마저 지우기는 힘들다. 18대 대선은 야권과 야권 지지자, 많은 국민들에게 큰 상처로 남았다. 그럼에도 불구하고 우리는 일어서야 한다. 위기에 강한 것이 대한민국이다. 어쩌면 더 큰 그림이 준비되어 있기에 우리는 그날 패배를 맛봤어야 했는지도 모른다.

그것은 불에 달궈질수록, 수만 번의 망치질을 받을수록 더욱 단단해지는 쇠처럼, 대한민국의 거대하고도 새로운 출발을 위해 잠시 미뤄진 것이다. 이제 그 순간이 다시 다가오고 있다. 누가 과연 이 문을 열 것인가. 설렘으로 쉬이 잠 못 드는 날들이다.

6장
이게 나라인가?

존경하는 국민여러분.

국민이 새로운 역사의 주인이고 주체입니다. 국정농단 세력의 부활을 막
는 힘도, 정권교체를 완수하는 주체도 국민입니다. 끝날 때까지 끝난 게 아
니라는 경각심을 잊지 않는다면, 명예로운 촛불혁명으로 국민이 승리하는
위대한 역사가 시작될 것으로 확신합니다. 그 고비를 넘기 위해 모두가 촛
불로 온 힘을 모아야 한다는 점을 다시 한번 호소드립니다.

세월호는 지금도 아프다

2014년 4월16일. 대한민국 사람들이라면 결코 쉽게 잊을 수 없는 날이다.

그 어디에 있었던 간에 그날 아침부터 정신없이 올라오는 뉴스속 보를 본 사람들이 느꼈던 충격과 안타까움은 시간이 지나도 쉽게 사라질 기억이 아니다.

더욱이 그 사건에는 재난센터도 국가도 대통령도 존재하지 않은 사건이었다. 그저 어린 우리의 아이들이 수장당하는 것을 지켜보고만 있어야 했던 사건이었다. 해양행정을 담당하며 국가의 녹을 먹은 나로서는 그 충격적인 사건에 왜 정부가 발 벗고 나서지 못했을까 하는 의아함을 넘어 분노까지 치밀어 올랐다. 국가는 국민을 지키는 울타리다. 국민이 사지에 있다면, 가능한 모든 방법을 총동원해서 구하는 것이 국가다. 국민을 보호하지 않고 구하지 않는 국가는 국가가 아니다. 그것은 그저 영토에 불과할 뿐이다. 이제 어느새 1000일 넘은 그날은 완연한 봄날 맑은 날이었다.

아침 우연히 바라본 KBS 아침프로그램 속보에 '진도 앞바다 여객선 침몰'이라고 쓰여 있었다. 나는 깜짝 놀라서 여러 채널을 돌려보았지만 보도가 되는 곳이 없었다. 나는 이상하다는 생각은 하였지만 대형참사가 발생하고 있다는 것은 상상도 할 수 없었다.

08시 50분 쯤 갑자기 속보가 뜨기 시작했다. '진도 앞바다 배 침몰' 그러더니 이윽고 구조 소식이 들려왔다. 안도의 한숨을 내쉬었다. 대부분 구조되었단다. 그러나 사태는 곧바로 달라졌다. 구조집계가 중복이 됐다는 뉴스가 나오면서부터였다.

TV 화면에는 거대한 배가 거의 90도 가량 기울어져 있었다. 배의 기울기로 봐서 오전 09시 가량에 저 정도의 기울기라면 사고가 난 시각은 2시간은 족히 넘었을 것이라는 것을 짐작할 수 있었다. 마음이 급해졌다. 배가 침몰하는데도 아이들은 나오지 않았다.

지들만 살겠다고 도망친 선원들이 아이들에게 "그대로 가만히 있어라."고 말한 것이다. "그대로 가만히 있어라." 도망가는 어른들이 아이들에게 한 말이었다. 눈물이 핑 돌았다.

"뛰어내려 얘들아!"

TV를 보던 나는 저절로 악이 질러졌다. 속절없이 배는 물 속으로 서서히 잠겼고, TV 밖의 나는 무기력했다. 아니 우리 모두가 무기력했다. 어떻게 이렇게 무기력할 수가 있을까 싶을 정도로, 아무것도 할 수 없었다.

　내가 알고 있는 정부의 구조 시스템은 한 명의 생존자라도 더 구출하기 위해 모든 시스템이 사고 현장을 향하도록 구성되어있다. 그런 시스템이 어디로 갔는지, 아니 그런 시스템이 있었는지조차 의심이 들 만큼 정부는 무기력했다. 살려달라는 아이들의 몸부림에도, 정부는 어디에도 없었다.

　진도에서는 학부모들이 울부짖었고, 우리 모두는 허탈감에 빠져들었다. 나 역시 그 순간부터 울 수 있는 자유를 빼앗겨 버렸다. 자괴감과 분노, 그리고 죄책감이 나에게서 눈물을 흘릴 자격을 앗아간 것이다.

　문재인은 사건 당일 소식을 듣고 진도로 달려갔다. 그는 사건현장에서 바다를 보며 울었고, 1년이 지난 그날에도 울었다. 잘못했다고 울었고, 미안하다고 울었다. 세월호 사건 1000일에도 그는 울었다. 부드럽고 현명한 대신 인내심도 강한 그가 속절없이 흘러내리는 눈물을 닦지도 못한 채 울고 있었다.

나는 울지도 못했다. 아니, 울 자격이 없었다. 이제 해양안전에 관한 한 서해페리호 참사 이후 완벽한 시스템이 구축되었다고 믿었는데 이 믿음이 무너져 내렸다. 그 뒤로 시간이 속절없이 흘렀다. 또 많은 것을 보아왔다. 서울 광화문에서 단식농성을 하는 세월호 부모들 앞에서 피자를 먹던 자칭 인터넷 우익이라는 일간베스트를 보았다.

'죽은 자식 가지고 장사를 한다.'는 보수단체의 집회가 화면에 나왔다. '대통령을 만나 물어보겠다'던 세월호 부모들을 막아서던 경찰도 보았다. 그리고 그 학부모들 뒤에서 조종하는 불순세력이 있다고 몰아세우던 국회의원들도 있었다. 세월호 사건을 입에 올리는 것조차 조심스러운 날들이었다.

무엇을 숨기고 싶었던 것일까?

나는 바다에서 젊음을 바친 사람이다. 바다에서 일어난 사고를 조사하고 심판을 해 보기도 했다. 세월호 사건은 다시 철저히 조사해야 한다. 정보는 차고 넘친다. 교통사고 전담 경찰들이 교통사고 현장에서 바퀴 자국만으로 사고의 과정을 정확하게 예측하듯이 나 또한 현장의 사진만으로 상황이 보이는 것 같다.

우리나라는 해양강국이다. 특히, 사고지역은 신라시대 장보고가 청해진을 세우고 해상왕으로 활약했던 지역이다. 청해진 소속 세월호가 침몰한 그 지역은 오랜 시간 동안 바다 속 바위 하나까지도 연구가 되어있는 지역이다. 나에게도 그 날의 상황이 보인다.

4월 16일 당일 진도 앞바다의 일출 시각은 06시 5분, 간조 시각은 06시 34분, 공식적으로 발표된 시각 08시 58분, 배기울기 90도.

배는 처음 기울기 시작하면 처음에는 천천히 기울다 기우는 속도가 점점 빨라진다. 공식적으로 발표된 세월호 사고 발생 시간 08시 58분보다 늦어도 2시간 30분 전, 사고가 처음 인지된 시간은 오전 06시 경으로 추측된다.

07시 20분에 속보가 발표되었던 것은 이미 청와대를 비롯한 정부의 관계기관에 보고되었다는 것을 뜻한다. 하지만 컨트롤 타워가 되어야할 청와대의 최상층 대통령 관저, 정확히 말하면 침실로 뛰어들어 보고할 사람이 없었던 것이다.

세월호 당일 박근혜 대통령의 의문의 7시간이라고 하지만 내가 생각하는 의문의 시간은 훨씬 긴 시간이다. 오후 17시 15분에 국가안전대책 본부에 나타나서 한 말을 기억한다.

"구명조끼를 학생들은 입었다고 하는데 그렇게 발견하기 힘든가요?"

절대 말짱한 정신이 있는 사람이 할 수 있는 말이 아니다. 청와대는 세월호 사건 당일 대통령 기록물을 비공개로 하기 위한 법률적 근거를 검토하라는 지시를 조직적으로 내린다. 지정기록물로 넘길 경우 최대 30년간 박 대통령 말고는 아무도 볼 수가 없다.

무엇을 감추고 숨기고 싶어 봉인을 하려고 했을까?

하지만 그들이 그토록 감추고 싶었던 진실은 가려지지 않았다. 시간은 좀 걸렸지만, 비선 실세 최순실이라는 사람이 드러났고 세월호 은폐에 적극적으로 나선 집단들의 정체가 드러나기 시작했다. 누구도 입 밖으로 꺼내선 안 되었던 사고 당시 대통령의 행적도 거론되고 있다.

2016년 12월9일 박근혜 대통령에 대한 탄핵소추안이 국회에서 가결됐다. 덮으려고 했던 자들과 그것에 저항하던 사람들의 싸움에서 결국 진실은 정의를 향해 몸을 돌렸다.

나는 무엇을 했느냐고 말하기조차 부끄럽다. 저 집회의 어딘가에 내가 있었고, 진실을 규명하라는 외침 속에도 내 목소리가 있었다. 광화문의 촛불 중에 하나로 서 있기도 했다.

그것은 결코 중요하지 않다. 내가 무엇을 했느냐보다 저 거대한 역사의 물길이 비로소 제대로 흘러가는 것, 그것이 더 중요한 것이다. 덧붙여 문재인이 흘렸던 눈물 한 방울이 역사의 강 어딘가에 섞여 같이 흐른다는 것에 그를 아는 사람으로서 고마울 따름이다.

세월호, 그들은 막을 능력이 없었다

혹자는 세월호 참사 이후 7시간 동안 박근혜 대통령이 제대로 대처했더라면 희생자를 줄이지 않았을까 하는 기대를 하는 것 같다. 그러나 해양행정의 전문가 입장에서 볼 때, 박근혜 정부는 그 능력이 아예 없었다. 박근혜 정부 안에는 바다 사고에 대처할 전문가도 없었고 시스템도 없었다. 그렇다면 세월호 7시간문제를 왜 제기하느냐고 반문한다. 최소한 대통령은 위기관리능력을 갖추어야 하고 정직해야 하기 때문이다. 그 시간 왜 청와대 관저의 내실에 있었으며 세월호 관련 보고를 어떻게 어떤 내용으로 받았고, 받고 나서도 왜 내실에 그대로 머물렀느냐를 솔직하게 있는 그대로 밝혀야 한다.

우리는 자연 앞에 그리고 문명의 이기 앞에 노출되어 있기 때문에 언제나 사고의 위험성을 내포하며 살아간다. 모든 사고를 사전에

다 예방하면 얼마나 좋겠나마는 현실은 그렇지 못하다. 선진국이라 하더라도 인재나 천재, 인재와 천재가 겹쳐 대규모 참사가 발생한다. 그러나 이러한 참사발생시 적절히 대처하여 희생자를 줄이고 희생자와 그 가족을 위로하며 사고원인을 철저하게 분석하여 재발하지 않도록 치밀한 대책을 강구하여야 한다. 이를 잘 하는 것이 바로 선진국이다.

박근혜 정부는 완전한 후진국의 형태를 그대로 보여 주었다. 그 당시 청와대에서 이를 수습하고 조치할 수 있는 시스템도 없었고 그 의지도 없었다. 청와대는 재난 컨트롤 타워가 아니라고 책임 떠넘기기에 급급했다. 그러니 현장으로부터 제대로 보고를 받았더라도 청와대에서 구조관련사항을 지시할 능력도 의사도 없었다.

어떤 사고이든지 현장의 초동조치가 매우 중요하다. 현장에서 정확하게 판단하고 행동하지 않는 이상 외부에서 보고를 받아 구체적인 구조지시를 내리기는 매우 어렵다. 결국 구조에 관한 최종적인 판단과 책임은 현장의 지휘관들이 책임을 갖고 평소 이에 대비한 훈련을 철저하게 해야 한다.

사고 당시 세월호 선장은 학생들에게 "현 위치에 그대로 있어라" 하고 혼자 살겠다고 신분을 밝히지 않은 채 배에서 먼저 구조되었다. 그리고 구조에 집중해야 할 선원들은 청해진 본사와 통화하며 화물 과적 등 불법사항을 은폐하고 조작하기 위해 아까운 시간을 다 보냈다. 이와 같은 회사와 선장 그리고 선원이 있는 이상 구조는 이미 기대하기 어려운 상황이 된 것이다. 선장과 선원의 사명을 망각한 이들과 달리 선원으로서 사명을 다한 이들도 있었다. "선원은 맨 마지막이야"하며 구명동의까지 학생들에게 벗어주고는 결국 배와 운명을 같이한 수습 선원의 숭고한 희생에 옷깃을 여미고 명복을 빈다.

그리고 구조를 위해 출동한 해경도 초동조치에 완전히 실패했다. 해경정은 이미 선박에서 뛰어내려 바다에 떠 있는 사람들의 구조는 주위의 어선들이나 다른 선박에게 맡기고 무조건 세월호에 올라 배를 장악했어야 했다. 선장이나 해기사 등 배의 책임자를 찾아내어 배안에 있는 여객들의 탈출을 지휘했어야 했다. 그러나 현실은 상부에 보고하기에 바빴다. 청와대부터 대통령 보고용이라며 현장에 대고 빨리 영상을 보내라, 구조 숫자를 대라 하는 한심한 현실이니 그들에게 어찌 구조를 바랄 수 있었을까?

현장에는 무조건 구조에 집중할 수 있도록 모든 역량을 집중해야 한다. 구조인원이나 숫자 그리고 영상 등은 중요하지 않다. 그리고 무조건 배 안으로 들어가 배안에 있는 승객들의 현황을 파악하고 이들의 탈출대책을 찾아야 했다.

무능하고 한심한 정부는, 해경이 초동조치를 잘못했다고 해서 아직 구조작업 중인 해경을 해체하겠다고 공언해 그 사기를 떨어뜨리고 구조기능을 일원화하여 재난안전처를 만들기에 급급했다.

세월호 유족들에게도 박근혜 대통령은 야비했다. 팽목항을 찾아 기획된 TV화면 속에서 거짓(?)눈물도 흘렸지만 어느 순간부터 유가족들을 적으로 몰아 가혹하게 대했다. 자녀를 잃은 유가족들의 이루 말할 수 없는 슬픔을 정부가 위로하기는커녕 적대시했다. 유가족의 요구는 보상금을 달라는 것이 아니었다. 먼저 일차적으로 사고원인을 공정하고 객관적으로 규명하고 책임자를 처벌하여 다시는 이런 사고가 발생하지 않도록 재발방지대책을 철저하게 마련해달라는 것이었다. 유가족들이 청와대 앞 노상에서 장기농성을 하는 데도 관제대모를 통해 이들을 비웃고 청와대에서는 한사람도 나와 보지도 않았다.

참여정부시절에도 청와대 앞 농성은 있었다. 지율스님의 농성이 그 대표적이다. 당시 문재인 비서실장은 그 주장에 동조하지 않더라도 일단 만났다. 국민이 고생하며 농성하는데 대해 위로하고 이야기를 들어주고자했다. 자식 잃은 부모들이 청와대 앞에서 농성하는 자리에 대통령은 아니더라도 청와대 참모라도 나와 만나주어야 최소한의 도리가 아닌가? 그런데 유가족들을 적대시하고 관변단체를 동원하여 조롱하기까지 했다. 이게 정부인가? 이게 나라인가?

우리는 이런 현실에 살고 있다. 국민을 위한 나라, 국민이 주인인 나라를 잃은 것이다. 이제 국민의 힘으로 나라를 되찾아 세월호의 공정한 진상을 규명하여 책임자를 처벌하고 다시는 이런 사고가 재발하지 않도록 제도적 장치를 강구해야 한다.

대통령과의 대면보고

JTBC 기자가 나에게 박근혜 대통령의 서면보고에 대한 의견을 물었다. 나는 다음과 같이 말했다.

"대통령에게 보고하는 채널이 서면보고가 주로 이루어지는 것이라면 청와대와 같은 국가시설이 필요 없다"

국민의 막대한 세금으로 청와대를 지어 대통령과 참모들을 한 공간에 같이 근무하도록 한 것은 서로 자주 만나서 대면으로 보고하고 토론하면서 의사결정을 합리적으로 하라는 것이다.

미국의 예를 보더라도 대통령은 참모들과 자연스럽게 서로 다리를 꼬고 걸터앉아 토론에 열중하는 것을 볼 수 있다. 그래서 미국의 백악관은 웨스트 윙이라는 대통령 집무실에 중요참모들이 같이 근무하고 있다. 청와대도 마찬가지다.

서면보고가 좋으냐? 대면보고가 좋으냐는 선택의 문제가 아니다. 사안에 따라 여러 여건에 따라 서면보고 할 것도 있고 대면 보고할 것도 있다. 시급을 요하거나 대통령의 의견을 바로 반영해야 될 사안은 대통령을 찾아가서 직접보고하고 대통령의 결심을 구한 후 즉각 시행하는 것이 최선의 방안이다. 또한 아무 서류나 준비가 필요 없이 정책과제를 즉흥적으로 자유롭게 브레인스토밍 방식으로 토론하는 것이 이해를 훨씬 높이고 합리적인 대안을 모색할 수 있다.

박근혜 대통령이 가급적 대면보고를 피하고 서면보고를 선호한 이유는 무엇일까? 세월호 같은 국가 대참사가 발생했는데 대통령은 서면보고만 받고 있었다?

상식으로는 이해될 수 없는 대통령이요, 비서들이요, 시스템이다. 문서 작성하고, 사태파악하느라 그 귀중한 시간을 보냈다니, 심지어 수석비서관들도 대면보고를 할 수 없었다니 나로서는 도저히 이해할 수 없다. 혹시 대면보고를 하면 대통령의 지적수준으로는 잘 이해가 되지 않아서일까? 최순실에게 물어볼 수 없기 때문이었을까?

정상적인 사람들은 서면보고보다는 대면보고가 훨씬 이해하기 쉽고, 편하다. 모르거나 잘 이해가 안 되는 것을 즉각 물어볼 수 있기 때문이다. 이제야 조금 박근혜 대통령에 대해 알게 되었다. 서면으로 받아 최순실의 의견을 받아야할 시간이 필요했기 때문이었다.

나는 장관 15일 동안 하면서도 국무회의 외에도 4번을 직접 관계부처 사람들과 함께 노무현 대통령을 만나 현안을 상의했고, 그 중 두 번은 독대 대면보고를 했다. 장관이 되기 직전에도 태풍 매미 복구대책을 직접 보고 했고 한번은 이창동 문체부 장관, 한명숙 환경부 장관, 나 이렇게 넷이서 새만금 개발계획에 대해 장시간 토론하였다.

새만금 개발사업에 대한 토론은 인상적이었다. 이미 매몰비용이 투입되었으니 원점에서 이 사업자체를 취소할 수는 없고, 현재의 시점에서 환경피해를 최소화하면서 전북도민들의 개발욕구를 충족시킬 수 있는 합리적인 대안을 모색해 보자는 것이었다.

나는 당시, 새만금 개발 사업은 쌀 생산을 위해 부족한 농지를 조성하기 위한 목적이었으나, 다양한 식습관의 변화로 인하여 농지개발을 위한 목적은 상실되었다고 주장했다. 또한 산업단지개발도 주위에 군장지역 등 산업단지도 남아돌아가는 지경이라 더 이상 개발할 필요성이 없다고 주장했다. 물막이 공사를 통해 바다와 완전히 차단하지 말고 해수를 유통시켜 해양환경의 피해를 최소화하고 갯벌도 최대한 보존하는 것이 장래를 위해 바람직하다고 대안을 제시했다.

그리고 매립으로 조성되는 토지는 농경지나 산업단지 조성보다는 해양관광단지로 조성하자고 했다. 이 사업은 해양수산부가 주축이 되어 진행되어야 해양환경의 피해를 최소화하고 합리적인 대안을 모색할 수 있다고 역설했다. 대통령은 웃으며 이렇게 농림부 빼고 회의를 하니 참 진행이 잘 된다며 앞으로 이런 회의는 무척 유익하니 자주 하자고 했다.

그러나 내가 장관직을 떠난 후, 상황이 어떻게 바뀌었는지 잘 모르지만 결국 환경단체의 극렬한 반대에도 불구하고 물막이 공사는 강행되었고 우리는 바다와 갯벌을 잃고 말았다.

1971년 예정지 조사, 1991년 착공된 새만금 사업은 세계에서 가장 긴 33km의 방조제를 쌓아 여의도 면적의 140배에 이르는 간척지를 조성하는 사업으로 심각한 환경 파괴와 생태계를 위협하는 사업이었다.

갯벌에는 무수히 많은 생물들이 살아가고 있다. 바다 물고기의 약 70%가 갯벌에 알을 낳고 갯벌에서 성장기를 보낸다고 한다. 인류가 농사를 지으며 농경사회가 시작된 곳도 물과 갯벌이 있는 강하구나 바닷가였듯이 갯벌은 인류 문명의 출발점이다.

이토록 중요하고 미래의 주인인 후손에게 물려줄 자연과 생태계 파괴를, 권력자들과 눈앞의 이익에 눈먼 기득권자의 부화뇌동으로 이루어진 무모한 독단적 행정으로 인하여 훗날 후손들에게 원망받을 짓을 한 것이다. 우리의 후손은 자연을 훼손한 조상을 원망할 것이다. 결국 이러한 무지는 이명박의 4대강 사업으로 이어졌다.

최순실의 국정농단

처음에 최순실이라는 이름이 거론될 때, "아무려면 한 나라의 대통령이 민간인에게 휘둘릴 수가 있을까?"

그랬다. 상상도 할 수 없는 일이 현실에 나타난 것이다.

상식적인 사람이라면, 또 대한민국에서 정상적인 교육을 받은 사람이라면, 최순실의 국정농단에 대한 의심이 제기되는 초반에는 대부분 고개를 흔들었다. 아닐 거라고, 사실이라면 투표 잘 못한 내 손목을 끊어버리겠노라고, 국민은 절규하고 있었다. 국민 모두가 스스로 쪽팔려 했다.

최순실이 나타나지 않았더라도 집권 내내 이것저것 문제를 쌓아놓은 탓인지 집권 2년째부터 이미 레임덕이 거론될 정도로 박근혜 정부에 대한 기대는 전무했다. 그냥 시간이 흘렀다. 잘 못 선출한 대통령 한 사람이 얼마나 국민의 질을 떨어뜨릴 수 있는지 여실히 보여주는 시간이었다. 진보, 보수를 불문하고 박근혜를 지지했든 안했든 준엄한 민심은 그렇게 모르는 척 지나가고 있었다. 그것은 마치 긴 터널을 지나가는 고행의 시간이었다. 분노라기보다 체념의 시간이었다.

청와대는 백성의 소망과 절규가 들리지 않고, 넘을 수 없는 견고한 담이 높이 드리운 왕의 쾌락과 휴식을 위한 궁궐이 되어 버렸다. 대통령 말이라면 팥으로 메주를 쑨다 해도 이제 메주는 팥으로 쑤자며 맞장구치는 고위급 공무원들과 여권 정치인들을 보며 쓰린 속을 부여잡고 애써 그들을 외면하며 다시 국민을 바라볼 수밖에 없는 나날이었다.

노무현 대통령 서거 후 중심을 잃은 야당 역시 여당과 싸우기보다 내분에 휘말려 있기 바빴다. 서로 자신의 밥그릇만을 계산하는 사람들이 끼리끼리 모여 이편저편으로 편 가르기를 했다. 그렇게 편 가르기를 하는 가장 좋은 방법은 공격할 적을 만드는 것이 가장 빠른 방법이다. 얼토당토 않는 '반문'이라는 프레임이 생겼다. 이른바 문재인의 높은 인기와 그를 지지하는 국민들, 호남을 떼어 놓고자 발버둥을 쳤다. 그리고 그 프레임은 제법 효과를 보이는 듯 했다.

이러한 모든 현상을 현명한 국민들은 마음속에 정확히 담고 있었다. 국민을 개돼지로 보는 그들에게 너희들이 바로 개돼지라는 것을 가르쳐주었다.

2016년 4월 16일 제 20대 총선에서 개와 돼지를 어느 정도 걸러냈다. 겨우겨우 살아남았지만 자신이 살아남은 것에 안도하는 정치인을 앞으로 현명한 국민은 남아있는 개돼지들을 찾아낼 것이다. 아니, 이미 찾아내서 마음에 담고 있다.

대한민국의 주권은 국민에게 있고, 모든 권력은 국민으로부터 나온다.

대한민국 전역에 폭탄이 떨어진 것 같은 충격적인 뉴스가 보도됐다. 바로 JTBC의 최순실 태블릿 보도다. 대통령의 연설문을 민간인인 최순실이 고쳤고 그것을 대통령이 로봇처럼 따라했을 뿐이라는 보도는 국민들을 충격에 빠뜨렸다. 파장은 컸다. 정유라의 이화여대 부정입학이 밝혀졌고, 뒤이어 최순실이 각종 국정에 관여해서 온갖 범죄를 저질렀다는 증언과 특검의 수사기록이 나왔다. 기업들은 최순실에게 돈을 바치길 주저하지 않았고, 최순실은 그 대가로 국가의 힘을 이용하여 기업의 편의를 봐줬다. 각종 정부인사에 개입했고, 심지어는 대통령의 일거수일투족을 컨트롤했다. 날마다 터져 나오는 뉴스는 눈과 귀를 의심케 했다. 신음이 저절로 터졌다. 사람들은 하나둘씩 분노를 안고 거리로 나왔다.

국가의 녹을 먹었던 나로서는, 노무현 대통령과 일을 해본 나로서는 도저히 이해할 수가 없었다. 한 꺼풀씩 벗겨지며 드러나는 박근혜 정권의 민낯은 부끄럽다 못해 소름이 끼쳤다. 뉴스를 보면 어디론가 도망가고 싶은 마음이 굴뚝같았다.

혹자는 말한다. 최순실이라는 여인에게 놀아난 우리 박근혜 대통령이 불쌍하다고….

대통령이 일개 사인이나 친구에게 놀아났다면 대통령의 자격이 애초부터 없었다. 불쌍하다면 이런 엉터리에게 속아 대통령으로 뽑은 우리 국민이 불쌍한 것이다.

최고였다고 말하기는 자신 못하지만, 노무현 정권 내내 모든 공무원은 마치 마라톤을 하듯 국가의 대소사에 달라붙어 안간힘을 써왔다. 대통령 스스로 권력을 내려놓고 소통에 나섰다. 비록 이명박 정권에 의해 다시 물거품이 되었지만, 김대중 전 대통령의 유지를 이으려고 노력한 5년이었다. 허나 그 역시도 정권 말기에는 욕을 먹었다. 모두가 합심하여 노력해도 최선의 결과를 내기가 어려운 게 바로 정치고 국정운영이다.

그런데 박근혜 정권은 유난히도 언론의 비판이 없었다. 기자들은 '한 것이 없으니 욕먹을 일도 없는 것'이라고 답할 정도였다. 이런 상황을 한방에 정리한 것이 바로 최순실이다. 알고 보니 욕은 안한 것이 아니라 못한 것이었다. 박근혜 정권은 문화계 블랙리스트를 만들고 언론을 통제하고 압박했던 것이다. 국민의 알 권리를 충족시켜야 할 집단의 목줄을 부여잡고 무소불위의 권력을 암흑에서 뒤흔들어 온 것이다. 상식적으로 이해가 안 되고, 또 이해할 수도 없는 일이었다. 나는 외치고 싶었다. 겨우 이런 것을 보려고 문재인 대신 박근혜를 선택했는가 하는 섭섭함도 뭉클뭉클 일었다.

국가가 아니었다. 독재보다 더 역사의 시계바늘을 회귀시키는 일들이 지난 4년간 나라 전역에서 일어난 것이다. 기업들은 돈을 상납하면서 그 돈을 소비자들에게 부담 지으려 했다. 삼성은 천문학적인 기업 합병을 큰 돈 들이지 않고 해냈다.

그 기간, 서민은 춥고 배고프고 서러웠다.

하지만 아주 나쁜 상황은 아니다. 이제서야 국민들은 제대로 된 사람을 찾기 시작했기 때문이다.

구중궁궐로 숨은 대통령 대신 그들과 같이 거리에 서서 외치는 사람을 찾았고, 그 모든 순간에 문재인이 있었다. 나 또한 문재인이 어떤 대통령이 될지는 알 수 없다. 또 그가 대통령이 될지도 감히 점칠 수도 없다. 다만 그는 국민과 역사를 두려워하며 공권력이 무엇인지 잘 아는 사람이다. 지나치다 할 정도로 국민 앞에 겸손하며 생명의 귀중함을 스스로 알고 이를 위해 말없이 뚜벅뚜벅 나아가는 사람이다.

국민을 배신할 사람들은 세 치 혀만 있는 부류다. 뒤에서 상대를 비방하고 깎아내리며 조작하는 사람들, 그들이 바로 최순실이다.

문재인은 그런 부류의 사람들과 평생을 싸워온 사람이다. 그는 서러운 바람이 부는 진도에서 눈물을 흘렸고, 촛불 집회에서 긴 밤 지새우며 아침이슬을 불렀다.

다시 일어선 촛불

민주주의 원칙은 간단하다. 직접 실험하고, 실패하고, 개선한다. 그리고 이것의 주체가 바로 국민이다. 우리 국민은 참으로 대단하다. 살면서 여러 번 느끼지만, 지난 2016년 10월 말부터 시작한 촛불집회를 보면 더욱 뼈저리게 알 수 있다. 지구촌 어디에서 이렇게 아름답고 평화로우면서도 분노가 가득한 민주적 집회를 볼 수가 있을까. 나 역시 그들과 광장에서 함께하고 있다는 것만으로도 눈시울이 붉어졌다.

임기를 마치고 돌아가는 마크 리퍼트 미국 주한대사는 다음과 같이 말했다.

"우리 미국인들은 민주주의의 작동을 목도한 것에 대해 감탄(admire)하고 있다"

그렇다. 무려 1000만 명이 광장으로 나와 촛불을 든 광경은 전 세계에 충격과 감탄을 자아내게 했다. 세계인들은 한국인들이 보여주는 이 숭고하고 평화적이면서도 분노 가득한 집회에 놀라움을 감추지 못했다. 더욱이 이 모든 것은 불과 3개월여 만에 이뤄진 것이라는 점에서 학자들까지 강한 호기심을 보이고 있는 상황이다.

전 세계를 놀라게 한 대규모 평화집회이자 21세기 한국형 직접민주주의로 불리는 촛불집회는 지난 10월부터 시작했다.

JTBC가 최순실의 태블릿PC 내용을 공개하자 전국이 들끓기 시작했다. 그러자 박근혜 대통령은 10월25일 1차 대국민담화를 열었다. 이 자리에서 박 대통령은 연설문 수정 의혹에 대해 "좀 더 꼼꼼히 챙겨보고자 하는 순수한 마음으로 한 일"이라며 "취임 후에도 일정기간 의견을 들은 적이 있지만 청와대 보좌체계가 완비된 후에는 그만뒀다"고 해명했다.

1분40초 밖에 되지 않는 짧고도 단순한 내용이었지만, 이 담화는 곧바로 국민들의 분노에 불을 지폈다. 1차 촛불집회가 개최됐고 2만여 명이 광화문에 모였다. 그 결과 최순실이 국내로 들어오고, 각종 의혹과 관련한 언론보도가 쏟아졌다. 결국 박근혜 대통령은 11월4일 2차 대국민담화를 하게 된다. 이 담화에서 박 대통령은 간간이 울먹였고 "내가 이러려고 대통령했나 자괴감이 들어"라는 말까지 털어놨다.

하지만 다음날인 5일 20만 명의 인원이 촛불집회에 나왔다. 한번 타기 시작한 촛불은 점점 커졌다. 11월 2일과 19일 3·4차 촛불집회에는 100만 명이 넘는 사람들이 광화문광장으로 쏟아져 나왔다.

그러던 중 29일 박 대통령이 3차 대국민 담화를 발표한다. 박 대통령은 "대통령직 임기단축을 포함한 진퇴결정을 국회 결정에 맡기겠다."고 말했다. 국민들은 촛불로 답했다. 11월 마지막 촛불집회였던 5차 촛불집회에는 200만 명에 달하는 촛불 인파가 전국으로 퍼졌다.

결국 촛불 앞에 부랴부랴 모인 국회는, 12월9일 박근혜 대통령 탄핵안에서 전체 300표 중 불참 1표, 찬성 234표, 반대 56표, 무효 7표로 최종 가결됐다.

이제 국민들은 거대담론에 직접 참여하고 나라를 바꾸는 힘으로 진화했다. 이는 어떤 방식으로든 향후 대한민국에 큰 영향을 끼칠 것으로 보인다. 정치 전문가들은 한국 사회의 역동성을 보여주는 훌륭한 사례이자 민주주의 역사의 새 이정표로 남을 것이라고도 한다. 뿐만 아니라 집회 문화의 새 장을 열고 시민들의 저력을 유감없이 보여줬다는 평가도 있다.

집회에서 보여준 '풍자'도 수준 높은 시위문화를 정착시키는데 큰 몫을 했다. 한정된 공간에 천만 명의 연인원이 모였음에도 시민들 사이에는 물론 경찰과도 별다른 마찰이 없는 것은 기적에 가까운 일이었다. 여기에 갖가지 풍자를 담은 깃발들은 평소 운동권이나 시위에 관심이 없던 평범한 시민들조차도 광장으로 불러내었고 부모들은 광장을 '살아있는 민주주의 교육의 산실'로 인식하기 시작했다. 선진국에서는 국가가 시행하는 조기 정치참여 훈련이 대한민국에서는 광장에서, 스스로 민중들이 행하고 있는 것이다.

이에 대해 이병훈 중앙대 교수는 "1000만이라는 숫자에 연연하거나 의식할 필요는 없다. 그러나 특정 단체·집단의 축적된 개혁운동의 산물이 아닌 시민사회의 자발적인 반응이었다는 측면에서 1000만 숫자는 과거에 본 적 없는 일이며 헌정사에 남을 역사적 사건이다."고 언급했다. 시민사회단체연대회의 이승훈 사무국장도 "1000만 촛불은 대통령 퇴진과 망가진 민주주의의 복원이라는 국민적 합의가 가시화한 것"이라고 전했다.

무엇보다 촛불의 가장 큰 가능성은 우리 사회 전반에 대한 다양한 담론에 대해 국민들이 관심을 갖고 적극적으로 참여할 토대를 만들었다는 것이다. 그것은 곧 '정치와 민생이 분리된 과거의 사회'가 아니라, '국민이 곧 정치인 새로운 사회'를 만들어 낼 수 있는 분기점이 되기 때문이다.

촛불의 가치와 의미는 이제부터 시작이다. 정치인이 개입할 수도 없는 견고한 국민들의 분노가 일시적으로 발산된 것은 분명히 감동적일 만큼 놀라운 현상이다. 민주주의 사회란 토의와 논의, 협상의 지리한 과정이 반복되는 사회다. 의견을 듣고, 관철시키고, 도출된 결론에 대해 또 다시 논의하는 것이 민주주의다. 여기에는 다양한 의견이 존재하고 반대와 찬성이 자리한다.

나는 이런 민주주의가 대한민국에서 새롭게 재탄생할 것이라는 기대와 흥분으로 가득하다. 일관된 분노의 표출은 정당하지만 위험하다. 그런데 분노를 표출하되 위험하지 않는다면 그것은 정말 아름다운 행위다. 이제 남은 것은 이들의 목소리에 귀를 기울이고 때로는 설득하고 때로는 더 앞선 것을 제시할 정치권과 지도자의 선출이다.

대한민국 국민은 이번 촛불집회로 이 나라의 주인이 누군지를 명확하게 밝혔다. 그것을 인지하고 그 역사의 흐름을 받아들이는 자가 19대 대선에서 승리해야 한다. 그래야만 이 지독하게도 아름다운 국민들의 열정이 긍정적으로 승화될 것이기 때문이다.

답답하고 지루한 박근혜 정권이라는 터널의 끝이 다가온다. 어둠의 터널을 지나 빛이 보이기 시작했다. 누가 그 자리에 앉게 될지는 모르나 우리 국민의 무서움을 뼈저리게 아는 사람이 거기에 있어야 한다. '바람이 불면 촛불이 꺼진다.'거나 '촛불이 변질됐다.'고 말하는 자는 국민의 분노를 모르거나 피하고 싶은 자들이다.

"그렇게 말하는 자, 국민이 생계를 내려놓고 촛불을 들게 한 범인이다."

자, 차가운 겨울바람이 부는 광장에서 1000만 명이 한 목소리로 노래를 부르는 그 엄청난 광경을 누가 받아들이고 이끌어 갈 것인가?

그 자리에서 국민과 함께 노래를 부르는 자인가? 아니면 뒤에 숨어서 그들을 움직이는 조직이 있다고 음해하는 자인가?

정답은 이미 나왔다. 이젠 보여주기만 하면 된다.

부하를 보면 대장이 보인다

나는 한 시절 인간 노무현의 부하였다는 것이 내 인생의 가장 큰 자랑이다. 하지만 그도 나를 진정으로 부하라고 생각했을까? 지금도 궁금하다.

왜 나는 그가 살아 있을 때 "형님, 멋있어요."라며 내 마음을 고백하지 못했을까 아쉬움이 남는다. 지금 생각해 보면 그는 아무리 가까운 사람에게도 사적인 틈을 두지 않았음을 느낀다.

고 노무현 전 대통령을 말하려고 할 때면 나는 목이 메인다. 지도자로서 국민을 한 순간도 놓지 않았던 그는, 수많은 억측과 오해 그리고 억울함을 안고 자연으로 돌아갔다. 그의 죽음은 나에게 있어 보수정권에 대한 분노와 정치적 삶에 대한 회의를 안겨주었고, 뼛속으로 스며드는 분노가 무엇인지를 절감하게 했다.

그럼에도 그를 따랐던 야권에서는, 그의 이름을 걸고 사분오열하며, 그를 부정하고 고개를 돌리며 손가락질을 했다.

2017년 박근혜 대통령의 탄핵이 본격화되면서 '친노'라는 말은 '친문'으로 바뀌었고 노무현 대통령에 대한 비난은 줄어들었다. 그의 정치력과 국민을 향한 마음은 어느새 그리움으로 상치되기 시작했다. 그럼에도 2016년 한해 내내, 나는 서글픈 감정을 감출수가 없었다.

2016년 노무현 대통령의 7주기 당시, 국내 언론들은 일제히 '친노 집결', '친노 부활' 등의 자극적인 제목으로 기사를 보도했다.

언론에서 말하는 '친노'는 곧 '야당 파벌', '야당 계파주의'의 다른 말이다. 지난 4·13 총선에서도 가장 많이 등장했던 말이 바로 이 '친노'였다. 그렇다면 과연 '친노'는 실재하는가.

그들이 말하는 '친노' 1기라고 불려지는 집단은 지난 1980년대 만들어졌다. 노무현 대통령이 '부림사건'의 변론을 맡으면서 문재인, 이호철 전 청와대 민정수석(당시 여행사 대표)등과 인연을 맺은 것이 시작이었다. 이후 1988년 13대 총선에서 당선된 뒤로는 이호철 전 수석과 이광재 전 강원지사, 천호선 전 정의당 대표 등이 노무현 대통령을 보좌했다.

노무현 대통령은 1992년 14대 총선에서 낙선하자 이듬해 '지방자치실무연구소'를 열었다. 이때 합류한 인사들이 안희정, 서갑원 등이었다. 김병준 국민대 교수도 연구소장으로 영입되면서 노 전 대통령의 측근으로 자리했다.

2000년 16대 총선에서 낙선한 뒤 386세대를 중심으로 바보 노무현이라 부르며 '노무현을 사랑하는 사람들의 모임' 노사모가 결성되었다. 노사모에서는 배우 문성근과 명계남, 정청래 전 의원 등이 핵심멤버였다.

또 2002년에는 노무현 대선후보 캠프가 있던 여의도 금강빌딩의 이름을 딴 '금강팀'에 염동연 전 의원과 이강철 전 대통령비서실 시민사회수석이 당내 조직을 총괄하며, 유시민, 정태인·유종일 교수 등이 정책을 담당했다. 이해찬·천정배·이재정·임종석·김원기 의원, 원혜영 부천시장 등이 노무현 후보를 도왔다.

'친노' 2기는 노 전 대통령이 청와대에 입성하면서 탄생한다. 같이 입성한 인사들과 더불어 열린우리당 핵심 인사들이 추가됐다. 관료 출신 가운데 청와대로 유입된 친노 인사로는, 이용섭·김진표·송민순 등이 있다.

총선에서 승리한 열린우리당은 사라졌지만 '친노'의 개념은 명실공히 노 전 대통령을 탄생시키고 그를 도와준 사람들이었다. 이들은 권력의 핵심에 있었거나, 또는 후방에서 지원했다. 지난 4·13 총선에서 더불어민주당의 한 후보는 "지난 2002년부터 야권에서 '친노'가 아닌 사람이 있었느냐. 우리 모두 노 전 대통령을 믿고 따랐으며, 그와 같이 일을 했다"며 '친노'라는 의미가 패권주의가 된 것이 스스로에게 침을 뱉는 것이라고 했다.

'친노'가 패권주의로 둔갑한 것은 지난 2012년 19대 총선을 앞두고 '혁신과 통합', 한국노총, 진보시민단체 등과 합쳐 민주통합당이 탄생하면서부터였다. 같은 해 1·15 전당대회를 통해 당권을 쥔 한명숙 민주통합당 초대 당대표가 김기식·남윤인순·도종환·은수미 등 시민단체 인사들을 비례대표로 공천해 국회에 대거 입성시키고, 제19대 대통령선거 민주당 대선후보경선에서 문재인 후보가 승리하면서 계파주의의 대명사인 '친노'가 탄생한다.

실권을 쥐게 된 이들이 대부분 노 전 대통령 측근이었고 외부 인사들의 비중이 줄어들면서 불만의 목소리가 나오기 시작한 것이다. 이런 와중에 문재인이 대통령 선거에서 패배했고, 그동안 아웃사이더로 있던 인사들이 대거 반발하기 시작했다. 호남에서는 박지원 의원이 가세해 '친노'를 몰아붙였다.

결론적으로 '친노'는 지난 노무현 정부 5년 동안 야권에서 권력을 잡은 사람들의 대부분을 지칭하는 말이 됐다. 그 권력에서 소외된 사람들이 분풀이와 자신들이 느끼는 부러움을 표현하는 것으로 '친노' 패권주의로 프레임화 됐다. 언론의 일방적인 협조도 있었다. 실체가 없는 존재를 그들은 두려워했다.

사람을 알려면 그 옆의 사람을 보라는 말이 있다. 노 대통령 재임 시절 내내 딴지 걸었던 〈조선일보〉가 노무현 대통령의 재임 말기에 참모들을 평가했다. 〈조선일보〉를 이야기하는 것은 그들마저도 노무현 대통령의 참모진을 인정했기 때문이다. 2007년 〈조선일보〉 기사를 옮겨보면 다음과 같다.

'노무현 대통령의 청와대 참모들은 충성심에 관한 한 역대 최강인 것 같다. 노무현 대통령의 임기가 10개월 남짓 남은 이쯤 되면 비서실 직원들은 각자도생(各自圖生), 제 살길 바쁜 게 상례다.

그런데 이 정권 사람들은 조금 다르다. 대선판에 기웃거리는 사람도 많지 않다. 정권은 끝나도 '노무현식 정치'는 끝나지 않을 거라고 말하는 사람들이 많은 곳이 지금의 청와대다. 바깥에서 보는 노 대통령과, 참모들이 보는 노 대통령이 이렇게 다를 수가 없다.

지난 2월 초순, 〈조선일보〉의 기자에게 노 대통령의 어느 비서관이 새벽 1시쯤에 전화를 걸어왔다. 술이 잔뜩 취한 그는 기자에게 "우리 노 대장, 정말 좋은 사람이야, 그에 관한 기사 제발 좀 잘 써 달라"고 했다. 다음날, 안부가 궁금하여 전화를 한 기자에게 그는 전화를 걸었다는 사실도 기억하지 못했다. 노 대통령에 대해 이런 애착을 갖고 있는 사람들이 많다. …중략… 하지만 청와대 참모들의 노 대통령에 대한 충성도는 바깥에서 보는 것 훨씬 이상으로 '순도'가 높다.

그들이 말하는 노 대통령식 정치는 '비(非)정치의 정치'다. 계산과 수에 의존하는 정치, 돈과 권력의 정치가 아니라는 것이다. 세력과 수(數) 싸움에 의존하는 정치가 아니어서 우스꽝스럽고 아마추어처럼 보이지만 성공하면 크게 성공할 수 있는 정치, 결국 성공하는 정치라는 것이다. 한 비서관은 "권력으로 누르는 식의 정치는 권력이 약해지는 순간에 끝이고 바로 레임덕"이라면서 "노무현 대통령이 기성의 방식으로 정치를 했더라면 지금쯤 아마 곤죽이 되어 있을 것이다."

그렇다. 〈조선일보〉 기사의 글에 약간의 비꼬기가 섞여있음에도 불구하고 〈조선일보〉 역시 노무현의 사람들에 대해서는 새로운 시각을 부여하고 있다. 실제로 노무현 대통령은 재임 중에 수구세력과 야당(당시 한나라당)의 공세에 5년 내내 시달렸다. 그때마다 참모들은 서로가 대통령을 지키기 위해 경쟁적으로 몸을 던졌다. 누가 부당하게 대통령을 공격하면 앞장서 막았다. 어느 정권에서 쉽게 볼 수 없는 것이었다.

청와대 보좌진이든 내각이든 대통령에게 부담을 드리지 않기 위해 기꺼이 자리를 내놨다. 그 억울함은 떠나는 자 혼자 안았다. 퇴임 후든, 서거 후든 그 옆에 있는 것이 고통뿐일지라도 대통령을 떠나지 않았다. 비록 세력이 갈라져서도, 노 대통령의 가치와 철학을 이어가겠다는 각각의 나름의 자존심은 굳건한 세력으로 우뚝 서 있다. 이유는 하나였다. 가치와 철학과 신념은 물론 의리가 있었기 때문이다.

《안희정과 이광재》라는 책이 있다. 그 책 중에 한 구절을 읽다가 나도 모르게 눈시울이 붉어졌다. 그 내용은 아래와 같다.

'이광재 편 - 한 기자가 이광재에게 물었다.
"노무현이란 사람 밑에서 살아남는 방법이 대체 뭡니까?"
이광재가 웃으며 답했다.
"간단해요. 대장보다 일을 더 벌이면 됩니다. 시키는 일만 했다가는 죽습니다. 미리 앞서가서 골목을 지키고 있다가 싹 모셔가야지요,

쫓아만 가면 그냥 죽기 십상이지요."

노무현은 참모 입장에서 볼 때 무척이나 까다로운 정치인이었다. 참모들이 조금이라도 찜찜한 상태에서 보고를 하면 여지없이 지적을 받곤 했다.

이광재는 여전히 일 중심으로 모든 문제를 풀어갔다. 일을 잘하느냐 못하느냐를 기준으로 관계를 설정해갔다.

반면 안희정은 사람을 중시하고, 사람 중심으로 관계를 설정했다. 그 사람의 수준과 능력에 맞춰 일을 배분했다.

이광재와 안희정은 공격수와 스위퍼로 나뉘어 공군과 육군으로 역할을 분담하면서도 서로에 대한 믿음과 신뢰의 끈은 놓치려 하지 않았다.

대통령 후보 단일화 여론조사 결과가 발표되는 날, 모두가 초조한 가운데 노무현 후보가 방으로 들어가며 말했다.

"한잠 잘 테니 결과가 나오면 깨워주게."

이광재는 황당했다. 대체 이런 상황에서 잠이 온단 말인가. 결과는 예상 밖으로 노무현이 민주당 대통령 후보로 선출되었다. 이광재는 후보 멘트도 탈락했을 경우만 준비해뒀는데 하며 감격해서 노무현 후보를 흔들어 깨웠다.

"후보가 되셨습니다."

"가 보세."

미소만 지을 뿐 담담한 표정이던 노 후보는 엘리베이터 앞에 서는 순간 옆에 있는 이광재를 와락 껴안았다.

"광재, 또 선거 운동하러 가야 되겠네."

'안희정 편 - 안희정은 봉하마을에서 고인이 된 노무현 대통령을 보내드리며 결심했다.

'충남으로 가겠다. 깨져도 좋다. 깨지면 어떠랴. 노무현 대통령이 추구한 균형 발전과 민주주의의 가치를 내걸고 반드시 국민의 선택을 받겠다. 그 승리를 역사의 기록에 남기겠다. 노무현 대통령 죽음의 부당함을 대한민국 역사에 분명히 고하겠다. 역사는 기록하는 자의 것이고, 그 기록은 승리를 통해 완성된다. 나는 도전하겠다.'

안희정은 성공했다. 특히 5월 24일 강경 유세 장면은 인터넷을 통해 널리 퍼지며 회자됐다. 안희정은 외쳤다.

"대한민국을 위해 옳은 길을 가겠습니다. 옳지 않은 길이라면 금은보화를 준다 해도 저는 가지 않겠습니다. 노무현 대통령을 만들고 제가 한 건 유일하게 감옥 간 것밖에 없습니다. 그러나 안희정이 배신했다는 말 들어본 적 있습니까."

안희정이 잠시 연설을 멈췄다. 눈물이 글썽글썽했다.

"저는 노무현 대통령을 존경했습니다. 아니, 좋아했습니다. 왜 좋아했냐고요? 노무현 대통령이 저에게 한 자리를 줬습니까, 돈을 줬습니까. 하지만 저는 노무현이 좋았습니다. 제가 노무현 대통령에게 충성한 것은 노무현 대통령이 시골에 계신 우리 부모님, 평범한 우리 서민들에게 충성했기 때문이었습니다. 저 안희정도 그렇게 하겠습니다. 제게 기회를 주십시오."

나는 노무현이라는 이름만 들으면 마음이 먹먹하다. 그리운 마음이 하염없이 밀려온다. 이런 나를 두고 '친노'라고 말한다면 나는 오히려 되묻고 싶다. 그를 만나서 '친노'가 안 될 사람이 있느냐고?

우리는 대통령 노무현이 아니라 인간 노무현을 존경하고 사랑했다. 그것이 '친노'라면, 외치고 싶다. 그래 나는 '친노'다. 자랑스러운 '친노'다.

2004년 선거 당시 '친노(당시에는 노빠였다)'라는 말은 영광이었고 자랑스러운 칭호였으며, 어디서도 당당히 "그래 나는 친노야."라고 말할 수 있었다. 그가 다시금 그리워지는 날들이다.

아직도 난 노무현을 놓지 못한다. 가슴 속 깊은 곳에 묻어두고는 늘 당당히 꺼집어낸다. 집 사람도 질투를 느끼는지(?) "그렇게도 좋냐"고 묻는다.

적당히 비굴하게 반칙하고 타협하면서 살려해도 내 가슴속의 노무현은 "우리 자식들에게 결코 불의에 타협하지 않아도 성공하는 증표를 만들라"라는 말로 나를 깨우친다.

이곳저곳을 기웃거리려 해도 "사람에게 제일 중요한 덕목은 의리다."는 음성이 들려온다.

"우리는 개인의 삶을 사는 것이 아니라 시대와 역사, 아이들의 미래와 같이 산다."는 말이 늘 내 마음을 다시 잡게 한다.

"정의롭게 사십시오, 약자 편에 서십시오, 따뜻한 사람이 되어야 합니다. 가까운 사람에게만 따뜻한 사람이 아니라, 넓은 의미의 우리에게 따뜻한 사람이 되어야 합니다."라는 말이 가슴을 뜨겁게 한다.

개헌과 제왕적 대통령제

　지금 이 순간에도 사리사욕에 앞선 나머지 일부 정치지도자들이 지금의 박근혜 국정농단 사태가 우리나라 현행 헌법의 제왕적 대통령제 때문이라며 내각제나 이원집정제 개헌을 외치고 있다. 결국 박근혜의 국정사유화와 국정농단은 개인의 책임이 아니라 제도의 잘못이라는 논리이다. 지금 헌법은 지난 군사독제에 대한 반작용으로 나온 5년 단임제 분권형 대통령책임제이다. 지금의 현실에 적합하지 않은 부분이 많다는 것은 대체로 인정하지만 과연 현행헌법이 제왕적 대통령제인지는 논란의 여지가 크다.

　결론부터 말하면 대통령책임제, 내각제 모두 분권형 민주적 제도이다. 대통령제가 더 분권형에 가깝다고 말할 수 있다. 순수내각제는 국민들이 선거를 통해 국회의원을 뽑고 국회의원들이 행정수반인 총리(수상)를 선출한다. 이 경우 총리는 과반수 의석을 확보한 집권당 당수가 되며 과반수 확보에 실패할 경우 다른 당과 연립을 통하여 의회의 과반수를 먼저 확보한 후 다수당의 당수가 총리가 되는 것이 보통이다. 그리고 실권은 없고 국가원수로의 지위만 갖는 대통령도 국회에서 뽑는다. 결국 총리는 국회와 행정부를 다 장악하기에 때문에 운영하기에 따라서는 더 제왕적 총리가 되어 독재할 가능성도 있다.

반면 순수한 대통령책임제하에서는 일단 총리제도가 없다. 대통령은 런닝 메이트로 정한 부통령과 같이 국민들의 직접투표로 선출된다. 원칙적으로 말해 국민의 지지만 얻는다면 대통령은 정당대표가 아닐 수도 있고 무소속으로 출마하여 당선이 가능하다. 이 제도는 행정부와 입법부의 완전한 독립과 분리를 보장하므로 대통령의 일방적인 권력행사를 국회가 적절하게 견제할 수 있다.

또한 이 두 전통적 제도를 절충하여 이원집정제 형태를 취하기도 한다. 대통령은 국민들의 직접선거를 통해 뽑고 국가원수로의 지위와 국방과 외교에 대한 권한을 행사하고 총리는 국회에서 선출하여 경제와 내치에 대한 권한을 행사하는 제도이다.

어느 제도를 택하든지 다 민주적 제도이며 결국 성공하느냐 여부는 우리나라의 국민과 근본적인 정치문화에 달려있다고 해도 과언이 아니다. 유신헌법과 같이 독재를 제도적으로 보장하고 국민의 기본권을 부인하는 헌법이 아닌 이상 지금의 국정농단사태가 현행 헌법 때문이라는 주장은 국민들의 공감대를 얻지 못한다. 또한 우리 현행헌법이 제왕적 대통령제라 하는 것은 어불성설이다.

물론 지금 현행헌법이 개정할 필요 없이 완벽하다는 것은 아니다. 또한 헌법이 권력제도만을 규정하는 것도 아니다. 권력제도란 헌법의 기본가치인 국민의 기본적인 인권을 보장하는 하나의 수단적 방법에 불과하다.

먼저 박근혜정부의 국정농단에 따른 탄핵정국에 권력구조개편을 위한 헌법개정을 들고나오는 이유는 무엇인가를 살펴볼 필요가 있다. 또한 이들은 뜬금 없이 촛불집회의 민심은 개헌이란다. 촛불집회에 한번이라도 나와 보고 하는 소리인지 모르겠다. 촛불집회의 민심은 박근혜 즉각퇴진, 구속, 새누리당 해체, 재벌개혁. 국민주권회복이다.

정치권이 개헌, 개헌하는데 그 내용이 없다. 내각제 개헌인지? 이원집정제인지? 아님 대통령 4년 중임제인지부터 정하고 개헌하자고 해야 한다. 무조건 방향이나 철학도 없이 자기 입맛에 맞는 권력구조개편을 위한 개헌을 외치고 당장 개헌, 3년 내 개헌이라 시기부터 말하고 있으니 우습기도 하다. 국민에 내용부터 내어놓아야 한다. 그래야 국민이 판단하고 결정한다.

권력구조가 문제가 아니다. 아직도 대통령의 말 한마디에 꼼짝 못하는 공직자, 거수기에 불과한 국회의원 그리고 대통령을 제왕으로 섬기려는 국민이 있는 이상 어느 제도이든 마찬가지이다. 먼저 정치의 기본부터 바로잡아야 한다. 헌법 중의 헌법 '모든 권력은 국민으로부터 나온다'는 말뜻도 모르는 사람들이 정치지도자로 있는 이상, 또 이런 사람을 지도자로 뽑는 다수의 국민이 있는 이상 권력구조나 헌법이 어떻게 바뀌더라도 또 권력은 사유화되며 독재는 유지된다. 그리고 어떤 권력구조가 지금 우리의 현실에 적합한지 살펴보아야 한다. 설사 아무리 이론적으로 내각제나 이원집정제가 낫다고 하더라도(개인적으로 동의하지 않지만) 오랫동안 대통령제에 익숙한 우리 국민들에게 적합한지 살펴보고 국민들의 마음을 얻어야 한다. 우리 정치현실에 뿌리내리지 못한다면 아무리 좋은 제도도 소용없는 일이다. 그리고 내각제나 이원집정제가 성공하기 위해서는 정당정치가 굳건히 뿌리내려야 한다. 사람에 따라 왔다갔다하는 우리 정당정치의 현주로소는 내각제는 어림도 없다. 정당이 국가의 모든 정책을 직접 정하고 그 정당의 정책을 들고 정당중심으로 국회의원선거에 나가 국민들이 정책으로 심판하는 문화가 정착되어야 한다. 오늘 우리의 현실은 어떠한가? 정당은 철저히 사람중심, 지역중심이다. 정당이 스스로 제대로 된 정책 하나 내어 놓지 못한다. 전문관료집단이나 학자집단에 의존하고 있다.

내 개인의견은 순수한 4년 중임제 대통령책임제이다. 흔히들 미국식 대통령제라고 불린다. 우선 총리제도를 없애고 대통령과 부통령을 국민이 4년마다 직접 선출하는 제도이다. 선거 전에 부통령을 매개로 하여 정당간 연합도 가능하다. 그리고 대통령제는 꼭 대통령이 의회를 장악할 필요는 없다. 미리 연대할 수도 사후에 정책으로 연대하면 된다.

그리고 대통령이나 선출직 공무원들의 정치적 중립에 대해서도 전향적으로 검토해야 한다. 대통령이 국정안정을 위해 자기 당 소속 국회의원 뽑아달라는 말도 못하게 한다는 것은 국가권력의 정치개입이라는 구시대의 악습에 놀란 옛날 정치의 폐습에서 벗어나고자 하는 의도였다. 이제 이런 시대는 지난 것 같기도 하다. 그리고 국민의 기본적 생존권을 더욱 보장하고 지방분권을 더욱 강화하며 권력의 남용이나 특권을 없애는 방안도 검토되어야 한다.

이는 국회에서 국민과 더불어 장기간에 걸쳐 논의해야 할 사안이다. 개헌은 국가백년대계를 위한 작업이기 때문이다. 탄핵정국에 따른 대통령 선거를 앞두고 권력구조를 개편하는 개헌을 하자는 것은 현실적으로도 실현 불가능할 뿐 아니라 결국 지금 당선 가망성이 없으니 찔러나 보자는 것이나 다름없다. 이는 결국 개인의 정치적 야망을 위해서 개헌을 매개로 최소한 자기의 지분을 확보하고자 하는 꼼수로밖에 볼 수 없다.

개헌을 주장하는 정치인들이 제왕적 대통령제를 비판하는 이유가 대통령에게 많은 힘이 집중되어 있기 때문에 문제가 발생한다는 것이다.

내각제를 시행하기 위해서는 선결 조건이 있다. 그것은 정치에 대한 이념과 사상이 어느 정도 완비되고 전통으로 남아서 ○○당이라고 하면 그 당에 대한 신념과 정책이 무엇인지를 알고 어떤 정치를 할지에 대해서 국민이 이해되고 신뢰할 수 있어야 하는데, 우선 우리 정치인들의 수준은 어떠한가.

자신의 사리사욕에 따라 이 당 저 당 옮겨 다니고 정책과 비전으로 경쟁하기보다는 상대방에 대한 험담과 비난으로 이합집산하고 결집하여 졸속으로 새로운 당을 만들어서 분열하는 모습에서 어찌 국민의 신뢰를 얻기를 바라는가. 아니, 어찌 내각제를 운용할 자격이 있는 정치인의 모습이란 말인가. 구성원은 그대로인데 이름만 바뀐다고 새로운 당이 되는가. 어불성설, 손으로 하늘을 가리듯이 국민의 눈을 속이려는 이러한 형태가 오늘의 파국을 맞은 것이 아닌가.

3김 시대를 보스에 대한 구태정치라고 하지만 그들에게는 각각의 정치적인 신념이 무엇인지를 알기에 국민들의 강력한 지지를 받을 수 있었다.

대통령제 하에서는 국정이 잘못되면 정부를 향해 비판하고 대통령의 국정농단을 성토하며 탄핵하고 대통령직을 파면할 수도 있는데 책임자가 없는 집단형태의 제도하에서 국민들은 누구에게 책임을 묻고 따질 것인가. 불 보듯 뻔하다. 지금도 서로 책임을 회피하고 남 탓을 하는 저들에게 무엇을 바라겠는가.

앞으로 정치인들의 수준이 높아지고 경험이 쌓이고 국민들에게 신뢰받고 지지받을 수 있는, 국민이 정치인들을 신뢰하여 편하게 생업에 종사하며 삶을 영위할 수 있는 날이 오면 대통령제보다 내각제가 더 바람직한 제도로 창작할 것이다.

생각해 보자. 유신독재 정권을 거쳐 군사정부하에서 대통령 직선제를 쟁취하기 위해 국민들이 얼마나 많은 피와 땀을 흘렸는가를.

재조 산하, 무너진 나라를
완전히 새롭게 만들겠습니다

2017. 2. 15

문 재 인

7장
문재인,
대한민국 대개조를 선언하다

정유년 새해가 밝았습니다.

역사 속 정유년은 파란만장합니다.

1597 정유년은 이순신 장군이 불과 열세 척의 배로 왜군을 격한 명량대첩의 해였습니다.

1897 정유년은 고종이 대한제국을 선포한 해였습니다.

2017 정유년 대한민국은, 이순신 장군의 비장한 재조산하(再造山河) 정신, 고종의 이루지 못한 새로운 나라 꿈이 합쳐져 우리 역사상 가장 큰 도전과 변혁이 시작되는 해로 기록될 것입니다.

역사의 우연일까요, 필연일까요

마침 닭의 해입니다.

닭의 울음소리는 세상의 새벽을 알리는 시작입니다.

2017 대한민국은 완전히 새로운 나라로 가게 될 것입니다.

친문패권의 존재(?)

사전적 의미로 패권이란 "어떤 분야에서 으뜸을 차지해 누리는 공인된 권리와 힘"이란 뜻이다. 긍정적 의미와 부정적 의미를 동시에 내포하고 있다. 국가적으로 패권주의는 강대한 군사력을 배경으로 세계를 지배하려는 제국주의 정책을 의미한다.

친문패권이라 함은 결국 현재 민주당 내에서는 문재인이 절대적인 힘을 갖고 있다는 것을 부정적으로 묘사하는 말이다. 애초 친노패권이라 부르더니 슬그머니 친문패권으로 대체되었다. 문재인 민주당 대표시절 친노, 친문 패권 운운하며 문재인 대표를 흔드는 도구로 삼더니, 결국 흔들기에 실패하자 짐을 싸서 우르르 나가버렸다.

그렇다면 지금 당 대표도 아닌 문재인에게 민주당 내 친문패권이라는 것이 존재할까? 현재 차기대통령 여론조사에서 부동의 1위를 달리고 있고, 당내에서도 문재인을 지지하고 따르는 세력들이 주류를 이루고 있는 것이 사실이다. 당내에서 다수의 지지를 얻고 있고 여론조사에서 국민의 지지를 듬뿍 받고 있다 하여 문재인 패권주의라면, 결국 이는 국민이 만들어 준 것이고 국민의 힘으로부터 나온 것이 아닌가.

자유한국당(전 새누리당), 국민의당, 바른정당 및 일부 보수언론들은 문재인을 '친문패권주의'라는 울타리에 가두어 두려고 안간힘을 쓰고 있다.

그들은 막상 친문패권주의의 실체가 무엇이냐 하고 물으면 "민주당 내 다수 세력으로 당내 권력의 독식"을 내세운다. 이어서 당내의 권력이 부당하게 문재인의 측근들로 채워졌느냐? 지금 당을 문재인이 좌지우지하느냐? 물으면 제대로 답을 하지 못한다.

지금 민주당은 50%에 육박하는 국민의 지지를 받고 있다. 문재인 후보는 민주당 내에서 절대적 지지를 받고 있음은 물론 국민으로부터 30% 이상의 지지를 꾸준히 받는 부동의 1위를 유지하고 있다. 이렇게 국민으로부터 절대적 지지를 받는 것을 패권주의라고 몰아세우는 것은 민주주의를 부정하는 것이다.

물론 당내 다수 세력이 불법적이고 부당한 패거리정치에만 몰두하는 경우에는 많은 문제가 있다. 그러한 대표적 사례를 우리는 지금 똑똑하게 보고 있지 않은가. 친박의 정치적 몰락이 패권주의라는 것을 보여주고 있는 것이다. 심지어는 '친문패권'을 '친박패권'과 동일선상에 두며 한 방에 같이 날리려고 헛힘을 쓰고 있다.

정희준 동아대 교수는 프레시안 컬럼에서 "친문 패권주의는 존재하지 않는다. 저들이 주장하는 패권주의란 문재인이 나눠먹기를 거부하자 탈당해 떨어져 나간 의원들, 그리고 자신의 지분을 보장해 주지 않자 화가 난 당내 다선 의원들이 문재인을 공격하기 위해 집어든 프레임일 뿐이다. 그들이 문제 삼는 패권주의적 행태라는 것도 고작 온·오프라인에서 벌이는 집단행동일 뿐"이라고 일축한다.

그는 이어서 "결국 패권주의란 문재인이 휘두르는 패권이 아니라 야권의 다선 중진 기득권 정치인들의 박탈감으로 인해 생성된 분노의 한풀이일 뿐이다. 그들의 지분과 기득권을 그리워하며 부르는 노래에 지나지 않는다. 이들이 부르는 노래가사 '문재인으론 안 된다'는 문재인으론 정권교체가 안 된다가 아니라, 문재인이 대통령에 당선되면 여태껏 자신이 누린 기득권이 다 날아간다는 의미다."라고 결론짓는다.

정청래 전 의원은 "국민여론으로 지지율 1위를 하는 문재인을 패권주의로 공격하는 것은 부당하다. 문재인 지지율 1위가 조작이라도 된단 말인가? 아니면 문재인이 꼼수를 써서 얻은 부정한 결과물이라도 된다는 말인가?

친문패권주의를 공격하는 사람의 속마음은 한 마디로 문재인이 부럽다는 말이다. 부러우면 지는 거다. 국민여론과 싸우겠다는 바보 같은 짓을 할수록 국민으로부터 더 멀어진다는 충고를 새겨들으시라."라며 직격탄을 날렸다.

문재인 후보와 민주당을 향해 친문패권이라 가장 거세게 공격하는 것은 국민의당이다. 그중 철새가 되어 국민의당으로 날아간 손학규 전 대표가 선봉에 서고 있다. 참 안타깝고 아쉬운 부분이기도 하다. 결국 노무현 전 대통령의 혜안이 뛰어나다는 것을 반증해 준다. 그가 한나라당에서 민주당으로 귀순(?)해 왔을 때 당을 왔다 갔다 하는 것 하나만으로도 그를 인정하려고 하지 않았다. 그는 또 옮겨 대권후보가 되려 한다. 한나라당에서 민주당으로 그리고 국민의당에서 대선을 기웃거리고 있다. 그는 입만 열면 친문패권주의와 친박패권주의를 청산해야 하고 개혁세력의 결집을 호소한다. 그가 정말 개혁을 입에 올릴 자격이 있는지 묻고 싶다.

문재인은 천성적으로 남을 욕하지 못한다. 그는 잘 참는다. 그는 광주에서 열린 '광주·전남 언론포럼'에서 "과거에는 친노패권이라고 했다가 제가 대선후보가 되니 친문패권으로 바뀌었다"며 "노 전 대통령이 패권을 추구했다고 혹시 믿느냐, 노 전 대통령은 당내 패권을 한 번도 가져본 적이 없다."며 문재인은 "제가 가장 앞서가는 후보이니 저를 공격하고 가두려는 프레임"이라고 일축했다.

'친문패권'의 실체는 뭘까?

실체가 없음에도 불구하고 문재인은 계속 친문패권이라며 공격받을 것이다. 실체가 없으니 그들의 말에 일일이 대꾸할 필요는 없다. 대세후보의 필연적 숙명이라고 생각하면 된다. 뭐라고 공격하든 명분도 없고 실체도 없으니 스스로 지칠 것이다. 모든 판단은 현명한 국민들이 준엄하게 내릴 것이다.

문재인, 재조산하(再造山河)를 외치다

2017년 1월, 새해를 맞으면서 대선주자들은 일제히 '사자성어'를 공개하며 메시지 경쟁에 나섰다. 각자가 꼽은 사자성어는 달랐지만, 이구동성 말한 점은, 대한민국을 이대로 가게 할 수는 없다는 것이었다. 2016년 촛불집회에서 분출된 사회변화의 열망을 담았다는 점이 독특했다.

문재인은 '재조산하(再造山河)'를 내걸었다.

이 사자성어는 서애 류성룡에게 충무공 이순신이 적어 준 글귀다. '나라를 다시 만들다'는 뜻이다. 임진왜란 당시 폐허가 된 나라를 다시 만들지 않으면 죽을 자격도 없다고 생각했던 충신들의 마음으로, 대한민국 대개조에 나서야 할 때임을 뜻한다.

再 造 山 河

지금 우리가 살고 있는 2017년은 묘한 시대다. 정치권과 청와대는 혼란과 혼동 그 자체다. 여권은 자신들이 만든 대통령을 비난하며 두 개로 갈렸고, 야권은 문재인을 비난하며 갈렸다. 그런데 비난의 질은 확연히 다르다. 전자는 국민들까지 나서서 비난한다. 박근혜 대통령과 관련되어 밝혀지는 각종 뒷이야기는 참혹하다 못해 코메디 프로를 보는 듯 하다.

'어떻게 저럴 수 있을까'는 차치하고 '과연 대통령이라고 부를 수 있을까'라는 말이 더 정확한 상황이다. 다른 건 다 빼고 정책만 봐도 그렇다. 2016년 10월 〈내일신문〉에 나온 내용을 보면 더 명확히 알 수 있다. 심지어 이 뉴스는 박근혜·최순실 게이트가 터지기 전에 나온 기사다.

'경제부흥, 경제활성화, 구조개혁, 산업개혁…. 박근혜정부 4년여 동안 내세웠던 경제정책 슬로건들이다. 어느 것 하나 제대로 실현된 것이 없지만 정부는 매번 새로운 용어를 써가며 정책기조를 바꿔나갔다. 박근혜 대통령이 취임사 첫머리에서 제시했던 '경제부흥'이라는 기치는 1년도 안 되어 '경제활성화'로 대체됐고, 경제부흥의 한 축이었던 '경제민주화'는 슬그머니 사라졌다.

취임 2년차인 2014년 박 대통령은 느닷없이 '경제혁신'을 들고 나왔고 정부는 두 달여 만에 3개년 계획을 짜내야 했다. 반년 뒤 경제 사령탑에 오른 최경환 전 부총리는 부동산 경기 띄우기에 주력하다가 2015년 경제정책 방향에서 공공·노동·금융·교육 등 4대 개혁을 제시했다. 부실업종에 대한 구조조정이 예견되는 상황이었으나 4대 개혁에는 포함되지 않았다. 산업개혁이 추가된 것은 유일호 부총리 취임 이후 조선·해운업 구조조정이 가시화된 시점에서였다.

일관성 없이 경제정책기조가 자주 바뀌다보니 제대로 효과를 낼 리 없었다. 2013년 2.9%였던 경제성장률은 2014년 재정확대와 부동 산 부양 효과 등으로 3.3%로 반짝 올랐으나 지난해 다시 2.6%로 주 저앉았다. 올해도 2%를 벗어나기 힘들고 내년에는 1%대로 추락해 저성장이 고착화 될 것이란 우려마저 나온다.

2017년까지 달성하겠다고 약속했던 '474'(잠재성장률 4%, 고용률 70%, 1 인당 국민소득 4만 달러) 비전은 물 건너 간지 오래다. 당장 시급한 조선업 종 구조조정과 관련해 8월말까지 청사진을 내놓겠다던 유일호 부총 리의 약속은 10월 중순이 지나도록 지켜지지 않고 있다.

해운업 구조조정은 박근혜정부 경제운용의 문제점을 단적으로

보여준다. 박근혜정부는 4년 내내 경제성장을 위해 서비스업 육성이 필요하다면서 제대로 시행되지 않는 것은 관련법을 처리해주지 않는 국회 탓으로 돌리고 핵심 서비스산업인 해운업의 몰락은 사실상 방치했다. 해운업은 기간산업이기도 하고 전체 업종 가운데 여섯 번째로 외화를 많이 벌어들이는 산업이기도 하다.

결국 우리나라 해운업의 대명사이며 세계 바다를 누빈 대표기업 한진해운이 파산했다. 박근혜가 최순실과 함께 늘품체조로 춤추고 한복입고 패션쇼하는 동안 국가의 기간산업은 무너지고 있었던 것이다.

경제정책이 갈피를 잡지 못하는 동안 경제 '펀더멘털'은 급격히 나빠졌다. 한국경제의 주력인 수출과 제조업마저 무너지고 있다. 수출은 역대 최장기간 19개월 연속 마이너스를 기록했고, 제조업은 1960년대 이후 처음으로 2년 연속 매출액이 감소했다. 한국경제 시한폭탄인 가계부채는 박근혜정부 3년간 240조원이나 늘었다. 국가 채무도 600조원 돌파를 앞두고 있다.

신세돈 숙명여대 경제학부 교수는 "박근혜정부 내내 경제정책기조가 일관된 방향성 없이 너무 자주 바뀌다보니 이렇다 할 성과가 없었다."며 "지금이라도 정부와 전문가, 현업 관계자들이 머리를 맞대고 차기 정부가 들어오더라도 받아들일 수 있는 경제 전략을 수립하려는 노력이 필요하다."고 말했다.

측근 비리를 제외하고는 현 정부가 이뤄낸 것은 거의 없다. 뿐만 아니고 문화계 블랙리스트나, 역사교과서 국정화 등을 보면 퇴보 일변도의 행보였다. 우리 국민의 수준을 1960년대로 맞춰놓고 행한 것이다. 소름끼치는 농단이 곳곳에서 이뤄졌고, 대한민국이라는 배는 지난 5년간 부두에서 출발조차 못했다. 엔진은 녹슬었고, 각 기관에서는 서로 선장에게 잘 보이기 위해 충성다짐만을 할뿐 누구하나 앞으로 나아가자는 말을 꺼내지 않았다. 설혹 꺼냈다 하더라도 쫓겨나거나, 입을 다물게 만들었다. 이제, 이러한 모든 행위들을 잘라내야 한다. 새로운 방향으로 대한민국이 나가야 한다. 이제 더 이상 이대로 멈춰있어서는 안 된다.

재조산하를 외친 문재인은 이미 그런 준비를 마친 듯하다. 그가 대선을 앞두고 구성하고 있는 인재풀만 봐도 알 수 있다. 문재인 캠프를 보면 공보·정무·정책·전략·기획 분야별로 인적구성의 스펙트럼도 넓다.

정책 쪽은 싱크탱크 '국민성장'이 맡았다. 주류·중도 성향의 경제학자인 조윤제 서강대 교수가 소장이다. 조 교수는 참여정부 시절 대통령비서실 경제보좌관 및 주영대사를 지냈다. 여기에 국민성장은 참여하는 학자가 900명이 넘는 메머드급 싱크탱크다.

전략·기획 분야에서는 문 전 대표의 당대표 시절 '호위무사'로 불리던 최재성 전 의원이 눈에 띄고 최근 야권의 대표적인 전략통이자, 정세균 계로 분류돼 온 전병헌 전 의원이 포진해 있다.

세상을 바꾸는 것은 지도자 혼자 할 수 있는 일이 아니다. 제대로 된 참모들이 옆에 있어야 가능하다. 당연히 참모를 보는 눈이 리더에게는 필수다. 그런 점에서 문재인은 준비가 돼 있는 상황이다. 참여정부 시절의 경험을 잘 살려낼 것이다. 문재인은 국정의 철학과 원칙을 공유하는 사람으로 채울 것이다. 자리에 따라 양식과 영혼까지 팔며 이곳저곳 기웃거리는 기회주의자들에게 더 이상 속지 말아야 한다. 이래야 그가 말한 재조산하가 어떤 것인지, 우리들은 경험하게 될 것이다.

권력기관을 개혁해야 나라가 산다

2017년 대선 이후 대한민국은 변화가 절실하다. 경제를 내세워 당선한 박근혜 대통령은 경제를 처절하게 내버리다시피 했고, 사회 전반의 불균형과 피폐해진 서민들의 삶도 큰 문제로 떠오르고 있다. 이명박근혜 정권은 지난 9년 동안 경제 활성화를 앞세웠지만 오히려 양극화만 심화됐을 뿐 등 서민 경제 파탄은 현실이 됐다. 가계부채는 입에 담기조차 버거울 정도다. 즉, 우리나라 정책에서 민생이 사라진 것이다.

정치권은 대선을 앞두고 저마다 개혁 방안을 준비하고 있다. 대통령 탄핵 정국에서 나타난 촛불민심을 정치권이 받들어 제도화하려는 움직임이 눈에 띈다. 그만큼 이번 대선은 국민의 열망과 의지가 강렬하다는 뜻이다. 여기에 개혁 대상으로 꼽히는 분야도 다양해졌다. 사회 전반이 대규모의 변화를 요구하고 있는 것이다. 이는 더 이상 특정 권력자의 입맛에 따라 국가가 좌지우지 되는 것을 보고 싶지 않다는 국민들의 암묵적인 명령이 자리하고 있다는 의미다. 또 대통령 탄핵소추안 의결의 여파로 정치권이 야권 위주의 4당 체제로 재편된 점도 개혁입법의 적기가 되고 있다.

분당으로 새누리당이 100석에도 못 미치는 의석수를 갖게 되면서 야권이 합의할 경우 신속처리안건을 활용해 국회 선진화법에 관계없이 입법 드라이브를 시동할 수도 있다. 그동안 지지부진했던 재벌개혁, 검찰개혁 등의 입법의 물꼬가 트일 가능성이 높다.

실제로 더불어민주당은 2017년 대선 전 임시국회에서 5대 개혁(정치·재벌·검찰·언론·민생)의 입법을 추진하겠다는 입장을 밝혔다. 이를 위해 민주당은 '촛불 시민혁명 입법·정책 과제'를 발표하면서 국정교과서 폐기 및 사드 배치·한일군사정보보호협정·위안부 합의 중단, 상가·주택임대차보호법 상 계약갱신청구권 도입 및 농어촌상생기금법 처리, 부정축재 진상조사 및 국고환수특별법 제정, 언론장악방지법 추진, 주주대표 소송제도 및 공정거래위원회 전속 고발권 폐지, 주민소환제 확대, 선거연령 만 18세 하향 등을 밝혔다.

언론개혁으로는 공영방송 이사 추천의 여야 비율을 7:6으로 하는 방송법개정안, 선거연령을 18세로 낮추는 공직 선거법 개정안, 일하는 국회를 위한 국회선진화법 개정안, 국회 국정조사 증인 강제 구인 등 국회 증인감정에 관련된 법 개정안 등이 포함됐다.

문재인의 대선 공약을 보면 이런 변화들이 더욱 뚜렷하다. 문재인은 2017년 들어 연설에서 '적폐청산, 대청소, 국가 대개조' 등을 일관

되게 언급했다.

정제된 용어를 주로 사용하는 그이기에 이런 강한 어조는 곧 그의 의지와도 직결된다고 볼 수 있다. 그만큼 사회개혁에 대한 열망이 강하다는 것이다.

문재인이 공약한 사회개혁 과제를 보면 청와대·검찰·국정원이 도마 위에 올라와 있다. 그는 '최순실 게이트'로 드러난 구시대 적폐 청산을 위해 이 3개의 핵심 기관을 개혁해야 한다고 주장한다. 이에 대해 문재인은 "저항이 크겠지만, 타협은 없을 것"이라고 예고한 상태다.

이와 같은 권력기관의 대 개조없이는 사회정의 실현은 불가능하다. 겸손한 권력, 정의로운 권력, 공정한 권력으로 국민들에게 돌려주어야 한다. 반드시 집권초기에 이루어내야 한다. 어떠한 저항도 뚫어내야 한다. 그래야 나라가 산다.

실제로 그가 대통령이 된다면 그의 24시간 일정은 청와대 홈페이지 등을 통해 모조리 공개된다. 또 인사추천 실명제를 통해 인사 결정의 전 과정이 기록으로 남게 된다. 대통령 경호실은 경찰청 산하 대통령 경호국으로 재편될 예정이다.

검찰은 기소와 공소유지를 위한 보충적 수사권만 남기고 모든 수사권을 경찰에 넘기게 된다. 검경 수사권 조정은 문재인이 정권 초기부터 강하게 추진하겠다고 의지를 보이는 핵심 개혁 사안이다. 지지부진했던 고위공직자비리수사처(공수처) 설치도 가속페달을 밟을 게 유력하다.

국정원은 사실상 해체 후 재편에 준하는 대변화를 맞을 것이다. 국내 정보수집 업무 및 수사기능은 전면 폐지되고 대 북한 및 해외·국제 범죄를 전담하는 전문 정보기관으로 개편된다. 명칭도 한국형 CIA(미국 중앙정보국)를 표방한 '해외안보정보원'으로 바뀔 것으로 예상된다.

재벌개혁에도 박차를 가할 분위기다. 집중투표제·노동자추천 이사제·다중대표소송 도입 등으로 소액주주의 권한을 강화해 총수일가의 전횡을 억제할 것이라고 이미 공약을 내놓았다. 금산분리 강화 및 자회사 지분 의무소유비율 확대를 통해 재벌의 문어발식 확장 및 편법승계를 막는 시도도 이뤄질 전망이다.

최고의 권력을 행사하는 청와대, 검찰, 국정원, 언론, 재벌의 개혁에 관한 문재인의 공약은 명확하고 구체적이다. 방법과 결과가 같이 서술되어 있다. 공무원은 힘들겠지만, 이런 제도들이 바탕이 되어 나라가 변한다면 국민들의 한숨도 줄어들 것이 분명하다.

재조산하, 문재인의 개혁은 우선 집권초기, 최고의 기득권 집단, 권력을 사유화 하는데 앞장서려는 속성을 갖는 권력기관을 어떻게 제자리에 놓느냐에 성패가 달려 있을 것이다.

이제 우리 대한민국이 답답하고 지루한 터널을 지나 빛을 보게 되는 날이 다가오고 있다.

어둠은 빛을 이길 수 없다

혹독한 추위는 봄의 기다림을 절실하게 만든다. 또한 어둠이 진하면 빛은 더욱 강하게 다가온다. 우리는 성급하게 다 이루었다고 선언한 그 민주주의가 이명박, 박근혜 정권 9년 동안에 처참하게 무너져 버렸다. 그들은 말로만 국민을 사랑했고 실제는 국민의 공권력을 사유화했다. 교활한 공작 정치를 통하여 국민 여론을 조작하고 방송을 장악하여 또 다시 정권의 나팔수로 만들었다. 공직자들은 시녀로 전락했고 권력과 유착한 재벌은 권력자에게 부정한 돈을 갖다 바쳤다. 권력자의 말을 듣지 않는다고 블랙리스트를 작성하여 사람의 사상을 관리하였고 기업의 돈을 뜯어 관변단체를 지원하여 어용관제 데모를 하게 하여 국민의 통치수단으로 만들었다.

요즘 노무현 전 대통령에 대한 향수가 다시 피어나고 있다. 지금의 현실을 보니 그 시절이, 그 사람이 그리워진다. 문재인 후보에 대한 부동의 1위 행진이 계속되고 있다. 무척 추워지니 옛날의 따스함이 느껴지고 우리가 제대로 지켜주지 못해서 미안한 마음이 되살아나는 듯하다. 실패했다고 단정했던 참여정부의 재평가도 자연스럽게 일어나고 있다. '폐족'이라 부르며 숨었던 그 시절의 사람들도 고개를 들고 있다. 결국 진정 평가란 일희일비속의 단기간의 여론이 아니라 긴 호흡의 역사 속에서 과연 정의의 편에서 국민의 진정한 행복을 위해 신성불가침인 사람의 고귀한 인격을 얼마나 신장하며 지켜 내었는가에 귀결될 것이다.

노무현의 참여정부는 권력과 언론을 제자리로 돌리는 것이 개혁의 시작으로 보았다. 시작에 불과했고 완성해내지는 못했다. 그리고 이제까지 쌓여있는 불공정을 제대로 해결하지 못했다. 결국 분배의 정의보다는 생산의 가치에 더 치중할 수밖에 없는 현실을 받아들일 수밖에 없었다. 그 이유는 철학과 정책의 부재라기보다는 이를 강력히 저항하는 기득권과 여론의 힘에 밀릴 수밖에 없었기 때문이기도 했다. 청산할 대상이 너무 많아 인적 청산을 하려고 하니 그 조직 자체가 무너질 것 같으니 할 수 없었을 수도 있다. 해방 후 친일 청산을 제대로 하지 못한 이유와 똑 같다. 노무현은 퇴임 후 필자를 만난 자리에서 그때 그냥 확 저질렀어야 했는데 하며 진한 아쉬움을 표시했다.

그 결과 정권이 바뀌니 다시 옛날로 쉽게 돌아갔다. 다시 국민들은 광장의 촛불이 되었다. 거짓은 참을 이길 수 없고 어둠은 빛을 가리지 못한다는 평범한 진리를 다시 일깨워주었다.

모두들 협치와 통합을 외친다. 용서와 통섭, 그리고 선의를 말한다. 그러나 이 모든 것은 철저한 과거의 청산을 통하여 이루어진다. 용서와 선의는 권력자를 향한 것이 아니라 힘없는 국민을 대상으로 해야 한다. 그리고 용서에 앞서 철저하고 진정한 자기반성이 선행되어야 한다. 권력자들에게는 일반 국민들보다 더한 처벌을 받아야 정의가 바로 선다.

강자에게는 한없이 약하고 약자에게는 끝없이 강한 법이나 공권력이라면, 유전무죄 무전유죄의 법질서는 민주국가의 법이 아니다. 개인적인 분노나 심판이 아니라 이 시대의 정의를 바로 세우는 대대적인 제도적 청산, 인적 청산이 이루어져야 한다. 그래서 난 진정한 정권교체를 통하여 올바른 나라로 바로 서기를 기도한다.

난 어릴 적 꿈을 이루기 위하여 법을 전공했다. '법이란 무엇인가?'를 오늘도 고민한다. 대학에서 법을 가르치면서 '정의란 무엇인가?'를 학생들과 함께 찾아 헤맨다. 하느님의 뜻이 당신의 형상대로 창조한 우리 인간을 통하여 실현되는 이상사회를 늘 꿈꾼다.

나는 바다에서 일하며 바다를 운명이라 여겼다. 바다에서 노무현을 만났고 문재인과 같이 일했다. 이 민감한 시기에 그들 두 사람에 대해 이렇게 글을 쓰는 것은, 나의 조그마한 몸부림이 우리 사회를 좀 더 개혁하고 변화시키는 데 보탬이 되었으면 하는 나의 작은 바램 때문이다.

침몰해 가는 타이타닉호에는 감동이 있었다.

비록 '하느님도 이 배를 침몰시키지 못한다.'는 인간의 오만이 빚어낸 최대의 비극 속에서도 사람에 대한 사랑, 약자에 대한 배려, 그리고 인생의 마지막을 영예롭게 지키겠다는 고귀한 희생이 있었다. 여성과 노약자 어린이들을 먼저 구조했으며 선장은 끝까지 배를 지켰다. 구조선을 탈 수 있는 데도 사랑하는 사람과 배에 남겠다는 여인도 있었고 웰레스 하틀리가 지휘하는 4인조 악단은 이성을 잃고 헤매는 사람들에게 '내 주를 가까이 하려함은'이란 찬송가를 연주하여 영혼을 위로하다가 배와 운명을 같이 했다.

나는 이제 60이 넘은 나이, 살만큼 살았고 일할 만큼 일했다고 생각한다. 더 이상 무엇을 바라겠는가? 의학이 발전하여 수명은 더 연장될지 모르겠지만 연장된 수명이 나에게는 물론 남에게 고통이 되지 말았으면 한다. 나는 오늘도 욕망의 옷을 벗는다.

이제 권력이나 자리를 탐하지 말자고 다짐한다. 더 올 것도 없지만 권력에 대한 욕망이란 사다리의 끝은 떨어지는 것이다. 높이 오르면 오를수록 떨어지는 아픔이 더 크다는 것은 한번 경험으로 족하다. 그리고 이제 돈을 더 벌겠다는 생각도 버리고자 한다. 부족한 대로 나의 생활을 현실에 맞추며, 있는 것 가진 것 조금이라도 나누며 살고 싶다. 무엇을 소유하며 획득하는 것보다 버리고 비우는 의미를 깨닫고 실천하고 싶다.

이제 우리나라도 '개인소득 얼마의 경제대국'이라는 자부심에서 한 걸음 더 앞으로 나갔으면 한다. 자살률, 이혼율 세계 제1위의 명예는 어디서 나왔는지 곱씹어 볼 때다. 물질이나 지위 그리고 생리적 욕구에만 충실하면 사람이 짐승과 무엇이 다른가? 사람이 사람다운 것은 나 아닌 남을 사랑하며 자연속에서 더불어 살아가는 것이 아닐까?

영국의 철학자 버트런드 러셀은 98세까지 살면서 늘 지식과 사랑, 그리고 연민을 갈구하면서 이렇게 말했다.

"사랑과 지식은 나를 가능한 범위에서 천국으로 이끌지만, 연민은 지상으로 돌아오게 한다. 늘 통곡의 메아리가 가슴속에서 울려 퍼졌다. 굶주리는 아이들, 고문의 희생자들, 자녀에게 짐이 되는 오갈 데 없는 노인들, 이들의 외로움, 가난과 고통의 세계가 인류의 꿈을 비웃고 있지 않은가?

이들의 고통을 누그러뜨리길 갈망하지만 나 역시 그렇지 못해 고통스럽다. 이것이 지금까지의 나의 삶이었다. 그럼에도 불구하고 나는 이 삶이 가치 있다고 생각한다. 만약 또 한 번 기회가 주어진다면 기꺼이 나는 다시 살 것이다."

216

지금 앞이 보이지 않는 어둠의 장막이 앞을 가리고 있더라도 결코 이 어둠이 빛을 이기지 못하며 거짓이 참을 덮을 수 없음을 믿으며 부족한 대로 같이 나누어 살아가기를 늘 기도한다. 그리고 남과 더불어 고통을 느끼며 더불어 살아가는 행복을 나누고자 한다.

그 누구의 고향도 아니었다
단 한 번도 갓난아기 없이
동해 난바다 한복판
목 쉰 늙은 갈매기 울음조차
쌓이는 파도 소리에 묻혀
그 누구의 고향도 아니었다

아무에게도 알리지 않고 솟아올라
먼 바다일망정
하필 거기 솟아올라
그토록 오래 바윗덩이의 묵언인 채
그 누구의 고향도 아니었다

그러나 그 누구 있어 먼 곳으로 길 떠나
함부로 돌아올 수 없을 때
그곳이야말로 고향을 넘어
어쩔 수 없는 패배로부터 일어서서
하늘가 뜨거운 낙조에 담겨 파도소리 이상이었다

일찍이 그 누구도 거기에 가지 못한 이래
바람의 세월 몇 천 년 동안
오직 그곳만이 파도 소리에 묻혀
그 누구도 태어나지 않는 곳
먼 곳 자지러지게 떠도는 동안
그 누구에게도 끝내 고향이었다
오오, 동해 독도

- 고은, 〈독도〉 전문

8장
문재인과 독도

문재인은 한일 간의 역사문제 5대 과제를 확실하게 정리하겠습니다.

1. 독도 도발에 결코 타협하지 않겠습니다.
2. 위안부 문제에 대하여 일본정부에 법적 책임을 묻겠습니다.
3. '전범기업 입찰제한 지침'을 강화하겠습니다.
4. 일본의 교과서 왜곡을 바로잡겠습니다.
5. 일제가 약탈해간 문화재를 반드시 반환받겠습니다.

한일 역사문제의 상징인 독도 방문을 생각해 왔으며, 우리 영토 주권을 확고히 해야 한다는 생각으로 방문을 결정했다.

독도 한 번 갑시다

2016년 5월 23일 김해 진영 봉하마을에서 열린 노무현 대통령 7주기 추도식에서 오랜만에 문재인을 만났다. 이해찬 전 총리와 안희정 지사 등과 반갑게 인사를 나눈 후, 대뜸 나에게 요즘도 독도 자주 가느냐고 묻고는 자기도 한번 데리고 가달란다.

3일 후인 26일 사진 촬영차 간다고 하니 그땐 사전 일정이 있어 어렵고, 따로 일정을 잡아보자고 한다. 독도는 개인적으로 제일 가보고 싶은 곳이란다. 일단 독도하면 나와 같이 가야 한다는 생각을 하고 있었다니 고맙기도 했다. 시기가 시기인 만큼 바쁜 사람과 독도 방문일정을 직접 협의하기에는 약간 부담스러워 윤건영 보좌관과 같이 협의하겠다고 하고 일단 서울로 올라왔다.

윤 보좌관에게 독도 방문시기와 일정을 협의하니 지금은 민주당 대표에서 물러났고 국회의원 선거도 나름 성공적으로 끝났고, 6월

중에는 어디 다녀 올 곳이 있다며 7월 중순 이후에 한번 독도 여행일정을 잡아 보기로 했다.

나는 6월 중 대략 히말라야 트레킹을 가겠구나 하는 짐작은 들었지만 물어 확인하기도 그렇고 했는데 나중에 언론보도를 보니 내 짐작이 맞았다. 나 역시 히말라야 4300 고지 안나푸르나 베이스캠프까지 보름동안 트레킹을 다녀온 적이 있는데 히말라야 현지안내자 사이에는 문재인이 정말 트레킹도 잘하고 네팔 히말라야를 사랑하는 사람으로 널리 알려져 있었다.

윤 보좌관으로부터 7월 24일 전후 2박 3일 정도의 일정이 좋겠다며 나에게 시간 내어 주선해 줄 수 있냐고 물어왔다. 마침 나도 대학이 방학이라 특별한 일도 없고 해서 일정을 만들어 보기로 했다.

독도 가는 길은 결코 쉽지가 않다. 날씨가 도와주어야 한다. 좋은 날씨에 독도를 방문하기 위해서는 삼대가 덕을 쌓아야 가능하다고 우리들은 농담 삼아 이야기 한다. 나는 지난해 독도 사진촬영을 위해 네 차례 다녀왔는데 다행히 날씨가 좋아 네 번 모두 무사히 독도에 상륙함은 물론 독도에서 1박을 하고 울릉도로 바로 나올 수 있었다.

그래서 출발 직전까지 장단기예보를 확인해야 하고 또 날씨가 변화무쌍하므로 독도나 울릉도에 들어가더라도 나오지 못할 경우까지 고려하여 일정을 넉넉하게 잡아야 한다. 그리고 울릉도에 도착하여 성인봉등반 여부와 독도에 들어가서 바로 나오는 경우, 한나절 머무는 경우, 1박을 하는 경우의 장단점을 정리한 자료를 윤 보좌관에게 넘겨주어 결정하도록 했다.

윤 보좌관에게서 성인봉 등반을 하고 독도에 1박을 할 수 있으면 하자는 연락이 왔다. 독도는 문화재보호구역이고 또 공식적인 숙소가 없기 때문에 1박을 하기 위해서는 여러 가지 사전 허가와 조치가 필요하다. 일반적으로 울릉도에서 독도 가는 배를 타고 갈 경우 독도상륙허가는 선박회사에서 대행해 준다. 날씨가 좋아 울릉도에서 배는 출발하지만 독도선착장에는 방파제가 없기 때문에 파도가 심하면 접안자체가 불가능하다. 이럴 경우 독도주변을 배로 한번 돌고 다시 돌아온다. 접안하더라도 독도정상까지 오르지 못하고 선착장에서 30분 정도 머물다가 타고 온 배를 그대로 타고 나오는 것이 가장 덕을 많이 쌓은 사람들이다.

한나절 머물며 동도정상까지 오르기 위해서는 개별적으로 울릉군청의 특별허가를 받아야 한다. 아침 일찍 울릉도를 출발하여 독도에 상륙한 후 오후에 다른 배를 타고 나오는 방법이 있는 데 오후에 날씨가 나빠지면 못나올 우려가 있어 특별한 경우 아니면 허가가 잘 나오질 않는다.

1박을 하는 경우에는 아주 특별한 허가를 얻어야 하며 서도에 있는 울릉군청 소속 독도관리사업소 건물의 방문객을 위한 방을 사용할 수 있다. 독도관리사업소 건물에는 사무실과 직원 두 명의 숙소 그리고 독도 주민 김성도 씨의 방이 별도로 있다. 보통 취재차 방문하는 언론사 기자나 독도의 생태나 환경을 조사하려는 과학자나 공직자들은 방문객을 위한 방을 사용한다.

독도에서의 1박은 이렇게 울릉군 독도관리사업소의 사전 허락을 받아야 하고 방문객을 위한 숙소가 협소하고 많이 불편하며 불필요한 오해도 살 소지가 있어 조심스럽다. 그러나 문재인이 민간인 신분으로 독도를 방문하여 1박을 한다는 자체가 큰 의미가 있을 수 있기에 한번 시도해 보기로 했다.

일단 7월 24일 9시 50분 포항에서 출발하는 대저해운소속 썬플라워호를 타기로 하고 하늘과 바다에 모든 것을 맡기기로 했다.

문재인 독도방문- 보안을 지켜라

문재인의 독도방문 성공여부는 출발당일까지 철저한 보안이 유지되느냐에 달려있었다. 사전에 알려질 경우 일단 현 정부에서 제지할 수도 있고, 방문 제지의 빌미는 일본이 제공할 수도 있었다.

실제로 문재인이 독도에 간 이후 일본정부의 항의가 있었다고 산케이 신문이 보도했다.

신문에 따르면 일본 외무성은 7월 25일 오후 2시쯤 문 전 대표의 독도 방문 사실을 언론보도를 통해 확인한 뒤, 25일 오후 2시30분쯤 외교경로를 통해 한국 정부에 항의하고 철저한 재발 방지를 요구했다고 한다. 이에 앞서 오전 11시15분 라오스 수도 비엔티안에선 윤병세 외교부 장관과 기시다 후미오(岸田文雄) 일본 외무상 간의 한일 외교장관 회담이 열렸는데, 이때까지만 해도 일본 외무성은 문재인 전 대표의 독도 방문 사실을 몰랐다고 한다. 아마 우리 외교부도 몰랐을 것이다.

일본 집권 자민당의 외교부회(部會) 등 합동회의에선 문재인 전 대표의 독도 방문을 사전에 파악하지 못한 데 따른 의원들의 질타가 이어졌다고 산케이 신문이 전했다.

우리 일행은 독도에 1박을 해야 하니 공식적인 채널로 사전허가를 받아야 한다. 이 경우 보통 사전에 알려질 수밖에 없다. 그래도 일단 정공법으로 우리의 입장을 직접 이야기해 보기로 하고 울릉군의 독도관리사업소장과 직접 연락을 했다.

문재인 전 대표가 개인자격으로 독도에 1박 하기를 원하니 허가해 줄 수 있느냐는 것이고 허가할 경우 당일까지 보안을 지켜주겠냐는 내용이었다.

독도관리소장은 흔쾌히 독도 숙박허가를 해 줌은 물론 보안도 철저히 유지해 주겠다고 약속했다. 소장은 울릉군 공무원으로서 문재인 전 대표의 울릉도 독도 방문은 울릉군의 발전과 독도영토주권수호에 큰 도움이 된다고 말했다.

울릉군에서는 독도를 지키는 데는 여야가 없다며 문 전 대표는 울릉도를 홍보하고, 독도가 대한민국 땅임을 알리는데 자신의 역할을 다했고 독도주민숙소는 숙박할 수 있는 인원이 제한적이라 아무나 숙박을 하지 못하지만 울릉도를 홍보하고 독도수호의 의미를 알리는 효과가 크다면 울릉군은 누구든 환영한다고 사후에 밝히기도 했다. 그리고 독도에 여객선을 운항하는 대저해운의 담당자들에게도 보안을 신신당부하였다. 얼마나 보안이 철저했든지 7월 24일 포항에서 울릉도 가는 여객선에서 울릉군 부군수를 만났는데 문재인 전 대표가 온다는 사실을 사전에 보고 받지도 못했다고 했다. 나는 공직자의 생리를 알기 때문에 염려되었다. 그래서 독도관리소장에게 지금이라도 자초지종을 보고하는 것이 좋겠다고 했다. 바로 이런 소신 있는 공무원들과 직원 덕분에 우리는 독도를 성공적으로 방문할 수 있었다.

또한 문 전대표의 독도 1박이 대권을 노리는 정치인이 독도를 활용하는 포퓰리즘의 대상으로 삼는다는 비난도 염두에 두어야 했다. 사실 이제까지 정치인이나 유명인사의 독도방문은 헬기를 이용하여 독도 정상으로 오는 경우가 대부분이고 포항에서 울릉도, 울릉도에서 독도까지 민간 여객선을 이용하고 또한 독도에서 1박하는 경우는 처음 있는 일이라서 나름대로 문재인 개인은 물론 국가적으로도 큰 의미 있는 일이라 생각했다.

그리고 독도 가는 길은 하늘과 바다에 달려있기 때문에 출발 일주일 전부터 날씨를 체크했다. 다행히 우리가 출발하는 날은 바다와 하늘도 그 길을 열어 준다고 미소 짓는 것 같았다. 나는 초등학교 시절 소풍가는 날의 설레는 마음으로 포항으로 향했다.

미국 등 국제사회의 입장은 독도 문제에 대해 원칙적으로 중립이다. 세계 어느 나라도 특별한 이해관계가 존재하지 않는 이상 다른 나라의 영토분쟁에 끼어들려고 하지 않는다. 그러나 중립이라는 입장은 긍정적으로 해석하면 독도에 대한 한국의 실효적 지배를 인정하거나 최소한 이를 문제삼고 있지 않다는 것이다. 그리고 이와 같은 입장은 앞으로도 계속될 것이다.

포항에서 울릉도로

7월 24일, 새벽 요란한 자명종소리에 잠에서 깼다. 아침 밥 먹을 새도 없이 사진기와 필요한 장비를 챙기고 광명역으로 달려가 06시 출발하는 KTX 편으로 포항으로 향했다. 문재인 전 대표는 양산에서 승용차로 온단다. 그리고 같이 동행하는 인원도 최소화 하여 보좌관과 수행비서 도합 네 사람이다.

오전 9시, 포항여객터미널에 도착하니, 문 전 대표 일행이 먼저 나와 있었다. 반갑게 인사했다. 나와 독도 전문가들이 함께 쓴 책《독도 가는 길》을 문재인 전 대표에게 한 권 주고 울릉도 가는 배에 오르기 위해 부두로 나갔다. 문재인은 짐도 직접 들고 일반인과 똑같이 주민등록증을 보여주며 승선 수속을 했다.

부두에는 사람들이 "아이고! 대박!", "진짜! 문재인이다!", "같이 울릉도 독도 갑니까?" 하며 사람들이 몰려들었다. 승선이 어려울 정도로 같이 사진 찍고 사인해달라며 문재인 앞으로 줄을 늘어섰다.

'배를 타려면 배 앞으로 줄을 서야 하는 데.'

선 플라워여객선에는 좀 편하게 쉬면서 갈 수 있는 귀빈실이 있다. 일반승객들의 방해를 받지 않고 잠도 자면서 편하게 갈수 있는 곳이다. 나는 평소 특별대우를 받기 싫어하는 문재인의 성품을 알기에 선박회사에서 내어주는 귀빈실을 정중히 사양하고 일반인들과 같이 의자에 앉아서 가기로 했다. 우리를 위해 준비해 둔 귀빈실은 아기를 대동한 분들이 요긴하게 썼다고 하니 이 또한 흐뭇한 일이다.

가까스로 승선하여 3층으로 올라가도 사람들은 계속 몰려온다. 독도 문화 탐방에 단체로 참석한 학생들로부터 가족단위의 여행객, 각종단체의 회원들 등 어른 아이 가릴 것 없이 사진촬영 줄이 이어졌다. 문재인은 하나하나 포즈를 취해주며 이들과 덕담을 나누며 격려해 준다. 그 모습이 무척 선한 선비 같다.

나에게도 제복을 입은 여자 승무원이 달려와 "교수님 저를 기억하시겠어요? 한국해양대학교 1학년 때 교수님으로부터 법학개론을 수강했어요. 올해 졸업하여 이 배의 3등 항해사로 근무하고 있어요." 하며 반갑게 인사를 한다. 문 대표보다 나를 더 반갑게 알아보는 사람도 있다니 나는 으쓱하는 마음에 등을 두드리며 독도 가는 길에 만난 제자를 격려해 준다.

'그래, 반갑구나.' 해양수산부 장관직에서 내려온 후, 해양대학교에서 제복을 입은 학생들에게 법과 바다, 그리고 미래에 대해 서로 이야기를 나누던 그때가 생각났다. 법이란 결국 우리 인간의 고귀한 인격의 결합체이며 법이 추구하는 정의는 결국 하나님의 형상대로 창조된 신성불가침의 사람에 의해 이루어진다고 강의한 기억이 난다. 특히 이제까지 남자의 고유한 영역이라는 마도로스에 도전한 여학생들에게 꿈을 포기하지 말고 대형 크루즈선의 선장이 되어 나를 초대해 달라고 부탁하기도 했다.

썬플라워호는 오늘따라 유난히 시원하게 평온한 동해바다를 시속 40노트 이상으로 달리고 있었다. 일반적으로 1마일은 육상에서는 1.6킬로미터지만 바다에서는 1.8정도로 노트로 표시한다. 시속 70킬로 이상으로 달리는 셈이다. 오늘 같은 날은 멀미하는 사람도 없다. 모든 일은 이렇게 하늘에 달려있다는 것을 새삼 느낀다.

썬플라워호는 포항과 울릉도 217km를 매일 운항하는 1995년 호

주에서 건조된 2,394톤급 쌍동선으로, 선체길이는 80m, 수용규모는 920명이다. 최고 속력이 52노트인 초쾌속선이며 포항에서 울릉도까지 약 3시간이 소요된다. 선체가 두 개인 쌍동선이기 때문에 복원력이 뛰어나고 알루미늄으로 건조(建造)되어 선체 무게가 가볍고 안전성이 뛰어나다. 주 기관으로 캐터필러 3,616엔진 4대(29,484HP)가 장착되어있고 추진기관은 물을 흡입하여 분사시키는 형태인 KAMEWA 워터제트(Waterjet) 형이다. 1층 선수에는 승용차 16대와 화물을 선적할 수 있다. 썬플라워호를 운항하는 선박회사는 ㈜대저해운이다.

울릉도 도동항이 가까워지자 선원들은 안전한 접안을 위해 바쁘게 움직인다. 접안은 긴장의 연속이다. 선박이 안전하게 부두에 접안하자 문재인은 3등 항해사의 안내를 받아 선박의 지휘부인 브리지로 올라가 선장을 비롯한 모든 선원들을 격려하고 일일이 사인을 다 해 주고 사진촬영을 하였다. 안전하게 잘 운항해 주어 고맙다는 말을 잊지 않았다.

문재인은 안전과 선상생활에 대해 이것저것 물어보기도 한다. 그의 친동생이 한국해양대학교를 졸업하고 현재 상선의 선장을 하고 있다. 그래서인지 선원들에 대한 이해와 애정이 각별한 것 같다. 배에서 내려야 하는 데도 사진 찍자며 달려오고, 그 놈의 인기란….

울릉도 도동항에 내리자 사람들이 반가워하며 몰려든다. 문재인이 울릉도, 독도에 온다는 사실이 알려져서인지 울릉군수와 군의원들이 나와 환영해 주고 기자들도 우리를 기다리고 있었다.

울릉도 도동항은 서울의 명동거리와 흡사하다. 도동항에 여객선이 접안하는 날은 점심시간에는 사람들이 북새통을 이룬다. 땅값도 선착장에서 가장 가까운 곳은 몇 천만 원 이상 호가한다고 들었다.

배를 내린 사람들이 식당으로 찾아들고 도동 여객터미널과 가까운 곳은 단체관광객들로 인산인해를 이룬다. 나는 도동 중심가를 약간 올라가 단골로 이용하는 '작은 밥상'으로 안내했다.

이곳에서도 사진촬영과 사인공세는 피할 수 없다. 미소가 아름다운 '작은 밥상' 사장님의 요구에 따라 '사람이 먼저다' 사인을 독도 사진 위에 하고 일일이 기념사진도 응해준다.

울릉도에 오면 이곳에서만 먹을 수 있는 별미들이 있다. 오늘 점심으로는 따개비 밥, 여기에 엉겅퀴 국을 곁들이고 반찬으로 명이나물과 취나물, 문재인은 정말 맛있다며 한 그릇 얼른 비우고 추가 밥을 주문하여 먹었다.

울릉도 성인봉에 오르다

울릉도를 제대로 이해하려면 형제봉, 미륵봉, 나리령 등 크고 작은 산봉우리를 거느리고 있는 성인봉을 올라보라는 말이 있을 정도로 성인봉은 울릉도의 진산이다. 해발 986.7m의 성인봉은 산의 모양이 성스럽다 하여 성인봉(聖人峰)이라 부른다. 나는 울릉도 올 때마다 성인봉에 올랐으니 한 30여 차례 오른 것 같다.

문재인에게 사전에 성인봉에 오르겠느냐고 제안했을 때 당연히 '예스'라는 답을 기대했고 역시 기대대로였다. 울릉도에 도착하자마자 성인봉에 오르는 것은 약간 무리일 수 있겠지만, 내일 독도에서 일박하기 위해서는 오늘밖에 시간이 없다.

성인봉 올라가는 길은 여러 곳이 있지만 우리는 KBS 송신소 길을 택했다. 내가 제일 좋아하는 등산로이기도 하다. 등산길로 들어서자 문 대표는 긴 나뭇가지 하나를 집어 들더니 능숙한 손놀림으로 다듬어서 멋진 스틱을 만든다. 역시 자연과 더불어 스스로 적응하며 살아가는 지혜를 터득한 것 같다. 산을 오르면서도 많은 사람과 만났다. 모두들 반갑게 인사하며 사진촬영을 했다.

천연기념물 제189호로 지정되어 있는 성인봉 정상부근의 원시림(해발600m)에는 섬피나무, 너도밤나무, 섬고로쇠나무 등의 희귀수목이 군락을 이루고 있고, 연평균 300일 이상 안개에 쌓여있어 태고의 신비를 그대로 간직하고 있는 곳이다.

문재인은 야생초 박사라 불러도 손색이 없을 정도로 대부분의 야생화나 희귀식물을 다 알아본다. 산을 오르며 꽃들과 풀과 대화를 한다. 그는 대학에서 그 당시 개인사정이나 시대사정상 법학을 전공하지 않았다면 식물이나 동물을 전공했을 거라고 한다. 자연과 더불어 사는 삶이 좋아 다소의 불편을 즐기려 경남 양산에 집을 마련했단다.

우리는 성인봉의 전설을 이야기 하며 정상으로 한걸음씩 올랐다.

성인봉의 전설은 다음과 같다.

울릉도가 아직 개척되기 전 가난하게 사는 농부가 있었다. 봄이 오자 이 집의 노모는 어린 손녀를 데리고 이제 막 땅 속을 뚫고 나오는 봄나물을 뜯기 위해 산을 올랐다. 할머니는 나물 뜯는데 정신이 팔려 그만 손녀를 잃어버렸다. 이미 날은 저물어 어두워지고 손녀의 이름을 큰 소리로 부르며 찾았으나 돌아오는 것은 메아리뿐이었다. 어둠이 짙어 더 이상 손녀를 찾을 수 없게 되자 산을 내려 온 할머니는 마을 사람들에게 알렸고, 청·장년들이 횃불을 들고 아이의 이름을 부르며 찾아 헤매었으나, 끝내 손녀는 찾을 수 없었다. 이튿날 먼 동이 트자 마을 사람들이 다시 아이 찾기에 나섰다. 이 골짝 저 골짝을 누비며 목이 터져라 아이의 이름을 불렀다.

그러다가 한 골짜기에서 아이를 찾았는데 그곳은 사람들이 접근하기 어려운 절벽의 중간 지점이었다. 마을의 젊은이들이 구조에 필요한 밧줄을 이용하여 소녀를 무사히 구했다고 한다.

소녀에게 마을 사람들이 어떻게 해서 그 위험한 곳에 갔느냐고 물었더니, "나물을 뜯다가 잠이 와 잠시 누워 있었더니 수염이 하얀 노인이 나타나 어린 소녀가 이런 곳에서 자면 안 되니 나를 따라오라 하여 할아버지를 따라 갔더니 커다란 기와집이 있고 방 안에는 푹신한 이불까지 있었으며 할아버지가 자장가를 불러주어 자고 있는데 부르는 소리에 깨어났다"고 대답했다.

그 후 사람들은 꿈속의 그 노인을 성인이라고 여겼으며 그가 사는 산이라 하여 성인봉이라 불렀다고 한다.

운무가 낀 산봉오리들이 바로 눈앞에 전개된다. 성인 할아버지가
나타날 것만 같다. 드디어 성인봉 정상,

나는 문재인에게 산을 좋아해서인지 잘 올라간다고 하자, 그는 앞
동네 산도 다 오르기 힘들다며 등산 철학을 들려준다.

"모든 산은 다 오르기 힘들지요. 힘든 산은 원래 힘들지만 준비하
고 각오하기에 덜 힘들 수 있고, 앞산은 쉽게 생각하기에 준비 없이
오르니 힘이 들지요. 사람의 삶과 같지 않나요."

이렇게 문재인 같은 친구와 부담 없이 성인봉 정상에 오른다는
것, 나에게는 정말 큰 개인적인 특권이요 기쁨이다.

성인봉에서 내려오는 길도 여럿 있지만 우리 일행은 가장 운치 있

는 나리분지로 내려오는 길을 택했다. 이 길은 성인봉의 원시림을 바로 만날 수 있다. 호기심 대장 문재인은 궁금한 것은 못 참는 것 같다. 내려오는 길에 울릉도 전통집인 투막집 내부를 꼼꼼히 살펴본다.

모든 산길은 내려오는 것도 만만하지 않다. 성인봉은 더욱 그러하다. 중간 중간 계단도 많지만 내리막 절벽에 특히 조심해야 한다.

나리분지는 성인봉 북쪽의 칼데라화구가 함몰하여 형성된 화구원으로 울릉도의 유일한 평지이다. 동서 약 1.5Km, 남북 약 2Km, 면적 1.5~2.0㎢ 규모로 화구원 안에 있던 알봉(538m)의 분출로 두 개의 화구원으로 분리되어, 북동쪽에는 나리마을, 남서쪽에는 지금은 사람이 살지 않는 알봉마을이 있다.

옛날부터 이곳에 정착한 사람들이 섬말나리 뿌리를 캐어먹고 살았다하여 나리골이라 부르며, 개척 당시 거주민 93호에 500여명이

거주한 적이 있는 울릉도 제1의 집단마을이었다. 나리분지에는 울릉도 재래의 집 형태로 지붕을 너와로 이은 너와집 1개소와 섬에서 많이 나는 솔송나무와 너도밤나무를 우물정자 모양으로 쌓고, 틈은 흙으로 메워 만든 투막집 4개소를 도지정 문화재로 보호하고 있다.

천연기념물로 지정된 울릉국화, 섬백리향 군락지와 용출소, 신령수 등 주위에 둘러볼 곳도 많고 특히 겨울에는 눈이 제일 많이 오는 곳으로 울릉도 여행에 꼭 한 번 와봐야 될 대표적 관광지이다.

열심히 오르고 부지런히 내려왔으니 배가 고프다. 나리분지에는 울릉도 산에서 직접 채취한 산나물로 조리하는 전통음식이 기다리고 있다. 나리분지에 있는 식당들, 다 깨끗하고 맛이 좋다.

우리 일행은 입구의 '산마을' 식당으로 들어갔다.

'당신은 아름다운 사람입니다'라는 구호가 마음에 들어서이다.

독도 어민숙소에서 하룻밤

문재인 전 대표가 독도의 어민숙소에서 1박을 하는 것이 좋을까를 놓고 약간 고민을 했다. 숙박을 할 경우 관폐를 끼치게 되고 일반인이 쉽게 할 수 없는 일이라서 특혜 시비도 발생할 수 있기 때문이다. 문 대표는 이런 기회가 다시 오겠냐며 대한민국 국민으로서 영광이고 의미 있는 일이라며 관계 기관과 협의하여 좋다면 1박 하자고 했다. 일단 울릉군 실무자에게 접촉했다. 대환영이란다. 울릉군의 홍보와 독도의 영유권확보에 큰 도움을 주니 무조건 오케이라고 한다.

문재인 또한 자신의 독도 방문의 의미를 다음과 같이 말했다.

"오래전부터 한일 역사문제의 상징인 독도 방문을 생각해 왔으며, 8·15 광복절을 앞두고 우리의 영토 주권을 확고히 해야 한다는 생각으로 독도 방문을 결정하게 됐다."

독도에서 숙박 가능한 곳은 동도의 등대 직원 숙소와 서도의 독도 주민숙소이다. 등대 직원 숙소는 명예등대원제도가 있어 일반인이 신청하면 명예등대원이 되어 1박이 가능했는데 현재는 사정상 중단되었다.

독도 주민숙소는 원래 독도 주민 김성도 씨가 살고 있는 곳을 1988년 포항지방해양항만청이 독도 근해에서 조업하는 어업인 해양학술조사 숙박시설로 활용하기 위해 울릉읍 독도리 20번지에 방 4개, 전체면적 118.92㎡, 건축면적 67.91㎡, 높이 9.6m 규모로 건축했다. 그 이후 태풍으로 인한 타격과 해풍 등으로 건물이 낡고 녹이 끼는 등 문제가 많이 발생하여 2009년 사업비 30억 원을 들여서 독도 주변에서 조업하는 어민들의 긴급 대피 등의 편의제공과 독도 주민들의 생활터전을 마련하기 위해 착공하여 2011년 2년 만에 준공하

게 됐다. 일반인들도 울릉군청의 사전 허가를 얻으면 이 숙소에서 숙박할 수 있다. 울릉군에서 운영하는 독도관리사업소에는 직원 두 명이 상주하며 근무하고 있으며 김성도 부부는 건강이 좋지 않아 지금 포항에 있다고 한다. 우리는 남자 셋이 한 방을 쓰고, 여비서인 하림 씨는 보일러실에서 하룻밤을 보내기로 했다.

독도관리소장은 문 대표의 방문에 신이 난 듯 울릉도와 독도의 현안문제에 대해 하나하나 설명했다. 우리는 울릉도에서 준비해서 가져온 저녁꺼리를 내어 놓았다. 남자들이 요리한 밥상 앞에 둘러앉아 이런 별미는 처음이라며 맛있게 저녁을 먹었다.

잠자리에 들려 하니 독도 관리소 직원들이 깔따구를 조심하란다. 깔따구는 독도 모기의 별칭이다. 한번 물리면 오래가며 가려움증이 매우 심하다.

아침에 혹시 안개가 걷히면 동도 정상에 올라가 새벽 일출을 보기로 하고 잠자리를 청한다. 문 대표와 같은 방에서 자는 것은 처음이다. 나중에 두고두고 말하며 즐겁게 기억에 남을 추억이 되리라.

다음날 새벽에 일어나니 안개가 동도 앞에 가득 하다. 문대표도 내가 새벽부터 부스럭거려서인지 일찍 일어나 창을 통해 동도를 바라보고 있다. 사진작가는 이런 날씨를 좋아한다. 몽환적인 독도를 담을 수 있기 때문이다. 나는 카메라를 장 노출로 맞추고 독도와 바다를 담았다.

어느 순간 문 대표는 사뭇 표정이 심각해졌다. 어린 갈매기가 죽어 있는 장면을 보고 그런 것이었다. 갈매기는 자기 새끼가 아닌 어린 갈매기를 발견하면 물어 죽인다고 하니 그런 것 같다며 우울해했다.

우리 일행은 아침식사를 간단히 해결하고 이제 서도를 향해 나섰다. 이별을 아쉬워하는 직원들과 일일이 손을 잡고 사인해주며 기념촬영을 했다. 정말 고맙고 신세 많이 졌으며 평생 잊지 못할 하룻밤이라는 말을 남기고 우리는 고무보트를 타고 동도 선착장으로 갔다.

독도행정사무소 설치, 독도생태계조사사업, 독도해양환경조사 등 미리 계획한 각종 조치들을 이제 확실히 실행해야 하며 독도 방문사업의 대폭적 확대 및 서울에 국립독박물관 건립 등 대폭적인 투가가 요구된다.

국제사회에 대해서도 우리의 주장이 일본을 압도할 수 있도록 체계적인 연구와 홍보가 필요하다. 정부차원의 노력은 물론 민간차원의 활동이 더욱 절실히 요구되는 시점이다.

아울러 독도가 역사적 우리 땅이라는 사실을 알 수 있는 많은 자료들을 종합적으로 정리함과 동시에 새로운 자료발굴과 연구에도 더욱 많은 관심과 투자가 요구된다.

독도정상에서 독도를 생각하다

독도에 방문하면서 독도의 영토주권을 수호하기 위해 애쓰는 독도경비대를 어떻게 격려할 것인가가 고민이었다. 독도경비대는 1954년 독도경비를 위해 울릉경찰서 소속의 경비대로 1개 소대 규모의 병력이 독도경비 임무를 수행하고 있으며 일본 순시선 등 외부 세력의 침범에 대비하여 첨단 과학 장비를 이용하여 24시간 해안경계를 하고 있다.

혹자들은 독도경비는 무척 중요한데 왜 해병대나 군인들이 주둔하여 지키지 않는가? 라고 의문을 갖기도 한다. 독도에 군대를 주둔하느냐는 문제는 우리나라가 결정할 주권적 문제이다. 원래 독도의 경비는 민간의용대가 지키고 있었는데, 이후 경찰을 배치하여 현재까지 이르고 있다. 만약, 국가방위를 목적으로 하는 군인이 독도에 주둔한다면 마치 독도가 군사적 쟁점이 되는 지역인 것으로 오해를 살 수 있는 소지가 있고 툭하면 독도를 자기네 땅이라고 우기는 일본에 군사적으로 불필요한 빌미를 제공할 수 있다.

하지만 우리 군은 2018년부터 울릉도에 중대급 이상의 해병대 전투 병력을 순환 배치할 계획이다. 군은 해경 등과의 협의를 통해 울릉도 해병대의 작전 영역에 독도를 포함시켜 외부세력의 침략에 대비할 것으로 알려졌다.

또한 바다에 대한 경비업무는 해경이 담당하고 있어 해양경비정이 독도주변해역을 순시하며 방어하고 있다. 독도 12해리 영해에 일본의 조사선이나 순시선이 사전에 허가 없이 들어올 경우 이를 제지하는 임무를 수행하고 있다. 유사시 우리는 경찰과 해경은 물론 해군, 해병대, 그리고 영공을 지키는 공군까지 동원하여 방어할 종합적인 독도방어태세가 확립되어 있다.

원래 우리 일행의 계획은 독도경비대원들이 근무 중에는 울릉도나 포항에 자주 나가지 못해 저녁식사로 자장면을 만들어주려고 했다. 다소 번잡하지만 울릉도에서 준비해 가면 가능하다고 한다. 독도경비대와 연락해 본 결과, 경비 대원들이 오늘 교대되어 독도에 들어왔으므로 자장면보다는 야식으로 치킨이나 피자를 준비하는 것이 좋을 것 같다고 해서 치킨과 피자로 바꾸었다.

독도를 방문하는 모든 국민은 독도에 입항하는 순간, 선박에 탄 방문객들을 향해 독도를 경비하는 경찰청 소속 독도경비대원들이 나와서 거수경례로 맞이하는 것을 본다. 누구나 그 순간은 자랑스럽고 감동이 몰려온다.

독도 선착장에 무사히 접안했다는 사실에 모든 승객들은 태극기를 들고 독도부두에 내려 환호한다. 역시 문 대표와 여기저기서 사진 같이 찍자며 몰려온다. 독도에서 그를 만난 자체가 큰 의미가 있을 것이다. 우리는 이들과 사진촬영을 한 후, 드디어 독도의 최정상 독도 등대에 올랐다. 먼저 등대를 관장하는 독도 항로표지관리소 직원들을 격려했다.

1953년 일본 선박이 독도 수역을 침범하고, 일본 관리들이 독도에 상륙하여 조난어부 위령비를 파괴하고 일본 영유권 표시를 하는 일이 발생하자, 우리나라는 독도가 우리의 영토임을 천명하기 위하여 그 상징물로서 1954년 독도등대를 설치하게 되었다. 최초 점등일은 1954년 8월 10이며 무인 등대로 운영되다가 김대중 정부 시절, 1998년 12월 10일 유인 등대로 전환하여 포항지방해양항만청이 관리하고 있다.

문 대표는 독도 등대의 등탑까지 올라 등대직원들을 격려한 뒤 '동해의 우리 땅 독도 지킴이 민족과 함께 영원히'라고 방명록에 서명했다. 그리고 독도 정상에서 삽살개를 만났다. 그리고 우리는 독도 경비대로 향했다.

이곳에 근무하는 독도경비대원은 주로 의무경찰로 구성되어 있다. 병역의 의무를 이곳에서 하는 젊은이들이다. 물론 대장을 포함한 간부들은 정식 경찰관이다. 독도 근무 의경 지원자가 많아 매번 치열한 경쟁을 통해 선발된다고 한다. 독도를 지키고자 하는, 외롭고 어렵지만 소중한 일을 하며 젊음을 보내겠다는 젊은이들이 많이 있다니 자랑스럽다.

독도경비대장으로부터 간단한 현황을 청취하고 방명록에 서명을 한 후, 식사 때가 되어 자청하여 겁도 없이 독도경비대원들의 식사 배식에 나섰다.

전투에 패하면 용서할 수 있지만 배식에 실패하면 바로 즉결처분이라는 것을 염두에 두고, 우리 일행은 신중을 기한 결과 다행히 배

식에 성공했고 다 같이 둘러앉아 식사를 했다.

문 대표는 이들에게 특전사 시절 이야기를 들려주고, 나는 해군장교 훈련시절의 이야기를 해 주었다. 남자는 군대이야기만 나오면 이토록 신이 나는지.

다음날, 우리 일행은, 독도경비대와 파이팅이라는 구호를 외치며 기념촬영을 했고 대원들은 거수경례로 우리와 작별했다.

우리 국민은 그대들이 자랑스럽다. 독도 오는 사람들이 독도 입도, 출도 때 거수경례하는 모습을 보며 감격해한다. 독도를 지키는 그대들은 온 국민과 함께 하기에 결코 외롭지 않음을 확인한다.

다시 독도에서 울릉도로

동도 선착장으로 나가니 우리를 울릉도로 싣고 갈 선 라이즈 호가 서서히 입항한다.

문재인 대표는 태극기를 들고 독도경비대장과 같이 배를 영접한다. 배에서 내리는 독도탐방객들은 독도를 보기 전에 먼저 '문재인이다' 하며 달려 나와 사진을 찍는다.

광덕 중학교 학생들, 마산 중앙중학교 학생들도, 선생님들도, 삼일여고 여학생들도 이렇게 우리는 같이 '독도는 우리 땅'이라 외친다. 대한노인회 영천지부 회원들과도 기념 촬영을 했다. 남녀노소 가릴 것 없이 문 대표의 인기는 대단하다는 것을 실감한다.

독도는 이별을 아쉬워하듯 짙은 안개 속에서 얼굴을 살짝 내밀고, 배는 떠나자고 긴 고동을 울리는데도 사람들은 문재인을 놓아주질 않는다. 나는 독도의 불빛을 밝히는 등대장님과 그리고 젊은 꽃미남 독도경비대장님과도 사진 한 장 담으며 이별을 아쉬워한다.

독도는 이들에게 맡기고 우리는 울릉도로 향했다.

울릉도로 향하는 배안에서도 문 대표는 늘 진지하다. 입출항하는 전 과정을 같이 하며 해상안전에 깊은 관심을 표한다. 배안에서도 끊임없는 사진공세를 피할 수는 없다.

울릉도 저동항에 도착하여 선라이즈 호를 내리자마자 바로 사람들이 몰려온다.

우리는 울릉도에 왔으면 최소한 오징어 맛을 봐야 한다는 주장에 저동항의 오징어회센터에 들려 점심을 먹기로 했다. 저동항의 오징어 회센터는 일층에서 오징어 횟감을 구입하여 2층으로 올라가면 초장을 준비하여 준다. 우리는 물회와 생오징어 회를 주문하여 먹었다. 이제까지 먹어본 오징어 중에서 제일 싱싱하고 맛있는 것 같다.

자, 맛있게 먹었으니 공부해야지요. 울릉도 도동에 위치한 독도박물관으로 갔다. 독도박물관은 직접 체험할 수 있는 가상공간으로 꾸며져 있다.

이제 문재인과 함께하는 울릉도 독도 탐방을 마무리할 시간이다. 마지막 코스로 우리나라에서 가장 걷고 싶은 길, 행남등대로 가는 울릉도 해안 길을 걸었다. 눈이 시리도록 파란 바다와 하늘, 그리고 갈매기, 이곳을 걷다 보면 정말 포항으로 돌아가기가 싫어진다.

그러나 우리를 울릉도에서 포항으로 데려가 줄 썬플라워호가 대기하고 있다. 그런데 배가 떠날 시간이 되어가는데 같이 온 비서 하림 씨가 핸드폰을 들고 흥분하여 소리친다. 울릉도에도 포켓몬 go가 잡힌단다. 속초에 나타난다고 해서 사람들이 몰려들었는데 울릉도에도 젊은이들이 마구 몰려오면 좋겠다.

호기심 대장 문 대표에게 하림 씨가 직접 시연을 해 준다. 가상화면에 울릉도가 나오고 피카추가 나타나면 이렇게 잡는다고.

"하아, 참 신기하지만 우리 세대가 하기에는 좀 그렇죠. 하하⋯"

이제 포항으로 가는 선플라워 호에 오른다. 배 안에서도 문재인은 '사람이 먼저다'를 늘 실천한다. 이렇게 보통 사람들과 다정하게 앉아 이제 대한민국의 바다에서 땅으로 돌아간다.

문재인과의 독도 여행

문재인과 함께한 독도여행은 한마디로 말하면 나에게 무척 행복한 시간이었다. 참여정부 시절 같이 일한 동료로 알고 지내던 문재인과 이렇게 가까이에서 같이 먹고, 자고하며 2박 3일을 같이 보냈다. 덕분에 문재인을 한 인간으로서 더 잘 알게 되는 좋은 시간이었다.

문재인을 한마디로 다들 젠틀재인이라고 한다. 상대를 무척 편하게 해 주는 사람이라고 누구나가 잘 알고 있다. 참 인간성 좋고 선한 사람이라는 것 이제 다들 인정한다. 나도 이번에 실감했다. 한마디로 상대에 대한 배려가 몸에 배어 있는 사람이다.

워낙 국민의 인기가 높아 많은 사람들이 문재인에게 몰려오니 나에게 신경이 좀 쓰이는 모양인지 일일이 나를 사람들에게 소개해 주고 같이 사진도 찍자며 불러준다. 사실 나는 그냥 사람들이 달려오는 모습을 먼발치에서 바라만 보고 카메라 렌즈에 모습만 담아도 무척 좋다.

대중들은 정치인들에게 상당히 이중적이다. 다들 깨끗하고 정도를 걷는 정치인을 원하면서도 원칙에 충실하고 불의와 타협하지 않으면 포용력이 적다며, 저래가지고 어찌 정치를 하겠느냐고 말한다. 그러나 이제 국민들이 정말 정치의 폐습을 청산하기를 원한다면 선거에서 어떻게 해야 하는지를 경험으로 깨달았을 것이다.

문재인과 이번 여행을 통해서 정치적 이야기는 가급적 피하고 사람 사는 이야기를 주로 나누었다. 하지만 결국 사람 사는 이야기도 정치이고 상식이 정치다. 결국 원칙과 상식이 통하는 사회를 만드는 것이 정치의 목적일 것이다.

흔히들 사람들은 문재인을 말하며 사람은 좋은데 좀 약하다는 말을 한다. "나를 따르라" 하며 강하게 밀어붙이는 카리스마가 부족하다는 것이다. 사실 우리는 겉으로 강한 이런 지도자들에게 익숙해져 있다.

우리 마음속에 지도자는 표면적으로 강해야 한다는 심리가 내재되어 있는 것 같다. 지난 독재군사정권을 통해 우리는 그렇게 길들여져 왔다. 그러나 내가 지켜 본 문재인은 결코 약하지 않다. 외유내강 형이다. 원칙과 정도를 칼같이 지키는 것이 진정 강한 사람이다. 문재인은 권모술수나 불의를 놓고 좋은 것이 좋다며 적당히 타협하며 넘어가는 사람이 아니다. 겉으로 '나는 강하다'며 보여주는 정치적 쇼를 하지 않을 뿐이다.

그리고 이중적이지 않다. 겉과 속이 일치하는 사람이다. 그래서 손해도 많이 본다. 나에게도 있는 그대로 속의 의중을 가감 없이 전해주기도 한다. 행동도 그렇다. 아이를 안아도, 악수를 할 때도, 사진을 찍을 때도, 사인을 해줄 때도 진심으로 한다.

그는 잠들었는지 아무 소리가 없었지만, 독도에서 한방에서 옆에 잠든 그를 보며 나는 잠들 수가 없었다. 권력을 누리기 위한 목적만으로 수단 방법을 가리지 않은 구악의 정치를 완전히 청산하고 진정한 새 시대를 여는 멋진 정치를 그에게 기대하고 있었다. 그는 잠들었지만 나는 뒤척이며 상상하고 있었다.

'국민을 볼모로 잡는 흥정과 야합의 정치 이제는 하지 말아야 한다. 이제 우리 정치에서 기회주의자들을 한 방에 국민들이 다 몰아내기를 기대한다. 노무현 대통령을 죽음으로 몬 사람들, 바로 이런 기회주의자들이다. 한자리 차지하고 그 자리를 영원히 지키기 위해 이곳저곳 왔다갔다 하며 대의도 없고 명분도 없이 영혼을 파는 정치인들, 국민들은 똑똑히 기억하여 심판해야 한다. 이런 사람들이 최소한 국가의 지도자가 되어서는 안 된다.'

이번 독도여행을 통해 문재인에게 새삼 느낀 것은 우선 정말 산을 잘 타고 자연을 좋아하는 사람이라는 것이다. 성인봉을 오르면서 대부분의 야생화 이름을 줄줄 대면서 그 특성까지 알고 있다는 점에 놀랐다. 그리고 동물도 정말 사랑한다는 것이다. 독도 삽살개를 정말 사람 대하는 이상으로 만지고 쓰다듬고 교감한다. 그리고 새끼 갈매기가 죽임을 당하는 것으로 보고 마음 아파한다. 생명이 있는 것을 존중하는 것, 만물의 영장인 사람이 베풀 수 있는 기본임을 새삼 느낀다.

나에게는 멋진 친구 문재인을 다시 알게 된 행복한 동행이었다. 그리고 무척 많은 사람들이 진심으로 문재인을 사랑하며 좋아한다는 것을 새삼 체험했다. 국민들을 통해 그에 대한 믿음을 느낀 시간이었다. 특정지역이나 연령을 초월하고, 정치적 견해는 비록 다르더라도 인간 문재인을 너무 좋아하는 것을 직접 보았다.

무엇을 잃었고 무엇을 찾아야하는가?

김대중 정부, 노무현 정부시절을 잃어버린 10년이라 규정하고 되찾아야 한다는 구호 속에 새누리당 집권이 시작된 지도 이제 10년이 되어가고 있다. 이 기간 동안 새누리당 정권은 자칭 잃어버린 무엇을 찾았고, 우리는 무엇을 잃었는가?

민주주의의 심각한 훼손이다. 민주당 집권 10년 동안 우리는 민주주의 완성을 위해 노력했고, 더 이상 이제는 민주화라는 구호는 나오지 않을 것으로 생각했다.

그렇게 우리가 원하던 민주주의를 새누리당 정권은 지난 30년 전 군사독재 시절로 되돌려놓았다. 그들의 뿌리가 쿠데타로 민주정부를 전복하고 광주학살 등 국민을 총과 칼로 억압해 온 정권이니 어쩌면 당연한 귀결인지도 모른다.

국민이 주인인 민주주의를 권력자 우선의 독재주의로 바꾸어 놓았다. 더 이상 언급하고 싶지 않지만 특히 박근혜 정부는 권력을 사유화하고 국정을 농단했으며 언론에 재갈을 물리고 듣기 좋아하는 말만 하도록 강압하고 블랙리스트를 만들어 길들이고 국민의 대변자인 공권력을 권력의 시녀로 개인의 비서로 만들어 놓았다.

이제 사라진 것으로 알았던 독재정치의 망령이 살아나고 공권력을 이용해 공작정치를 일상화하는 구시대의 잔재를 되살려 놓았다. 말로만 애국애족하며 사리사욕을 챙기고 권력욕에 눈이 멀어 국민을 주인으로 섬기는 것이 아니라 통치대상의 수단으로 통제하며 수단화했다.

그들이 주장했던 잃어버린 10년에는 경제침체가 들어있다. 말로는 747 계획, 고도성장을 떠들었지만 단순한 성장률 수치만 보더라도 지난 10년간 경제성장률이 민주당 집권 10년의 성장률보다 낮다. 그리고 젊은이들의 희망을 앗아갔고 젊은 실업자를 양산해 놓았으며 정경유착을 통해 기업들로부터 돈을 강탈해갔다.

더욱 심각한 것은 국민의 행복지수가 낮아졌다는 것이다. 더불어 사는 세상이 아니라 경쟁에서 이기는 기득권세력만의 세상으로 바뀌었다. 빈부의 소득격차는 더욱 심화되었고 이를 뛰어넘을 수 있는 제도적 장치는 사라졌다. 기업하기 안 좋은 나라로 문화를 만들어갔고 실업과 비정규직의 양산 등을 통해, 일반 서민들의 생활은 피폐되었다.

청와대를 비롯한 행정부는 오로지 박근혜의 시녀로 전락했으며 대통령은 국회를 지배하고 국민 앞에 군림하는 데만 관심을 갖고 국민들의 아픔과 희생을 강요했다. 새월호 참사는 한마디로 박근혜정부의 진면목을 있는 그대로 보여준 사건이었다.

남북관계도 마찬가지이다. 물론 남북관계가 악화된 것은 일차적으로 북한의 책임이다. 그러나 이제까지 구축해 놓은 남북의 정상적인 대화채널조차 다 닫아걸고 오로지 대결국면으로만 치달았다. 아무리 잔학무도한 집단이라 하더라도 대화와 제재가 적정한 수준에서 병행되어야 한다는 것은 기본적인 병법이다.

금강산 관광은 물론 개성공단까지 폐쇄되었고 활발했던 민간교류도 원점으로 되돌려놓았다. 그 결과로 우리가 얻은 것은 무엇인가?

북한 핵은 더 고도화되었으며 무고한 우리 군인과 민간인들의 희생은 더욱 늘어났다.

과거정권이 북한에 퍼주기를 통해 들어온 돈으로 핵개발을 했다는데 그렇다면 돈줄이 끊어진 지금 핵개발은 중단되거나 최소한 줄어들어야 하지 않겠는가. 하지만 오히려 늘어났다. 결국 남북관계도 과거의 냉전 군사대결체제로 환원하고 말았다. 이제 이를 어떻게 바로 잡을 것인가는 국민의 몫이다. 이번기회에 진정한 정권교체를 이룩해 내어야 한다. 실패한 정부, 부정한 세력, 사리사욕에 물든 기득권 만능의 세대들을 제대로 청산해 내어야 한다.

또 다시 정치구호에 함몰되어 국민들이 또 속을 것인가?

한번 속은 대가를 우리는 처절하게 치르지 않았는가. 이제 국민의 손으로 촛불의 정신으로 진정 국민을 주인으로 받드는 민주주의 기본을 실천하는 정부를 선택할 순간이 왔다. 그것은 바로 국민의 손에 달려있다. 누가 과연 적임자인가? 냉철하게 사고하고 판단하여 현명한 결정이 기대된다.

내 친구 문재인에게

이제 이렇게 친구라고 불러도 되나? 사실 친구라 해도 반말 하는 것에 익숙하지 않으니 이렇게 편지로나마 말을 한 번 내려놓는 것이 편한 것 같아 불러보네 친구. 그리고 대통령 되면 반말하기 힘들테니 처음이자 마지막이 될 반말로 시작해 보자구.

친구란 무엇인가? 물론 여러 의미가 있겠지만, 우리사이는 어린 시절부터 만난 것도 아니고 50대 만났고, 같은 학교 동문도 아니고 고향도 다르고, 그리고 성격도 다르고 하니 전형적인 친구로 말하기는 약간 거시기 하네.

그러나 난 이제 우리 정도 나이에서 진정한 친구란 서로의 가치를 공유하는 것이라고 보네. 사람을 신뢰하고 정의와 진리를 믿고 시대의 정신을 공유하는 것이 우리시대의 진정한 친구라고 생각한다네. 그리고 서로 배울수 있는 친구면 더 좋지. 그런데 난 도움이나 마음을 늘 주지 못했고 나만 친구를 통해 많이 배우고 있네. 많이 참고 항상 진중하며, 남을 진심으로 배려하는 그 자세를 통해 말일세.

그리고 서로 이것저것 다 거리낌 없이 부담감 느끼지 아니하고 말하고 듣고, 서로 존경하고 하는 사이가 친구가 아닐까하는 생각이 드네. 굳이 친구와 공통점을 들라면 같은 53년생이라는 것이 있구만. 같은 53년생이라도 1월생이라며, 급이 다른 53년생이라는 말이 생각나는군. 대학도 71학번으로 가야했는데 재수해서 같은 72학번이고 말이야. 이런 면에서 나의 선배이기도 하네.

참여정부 인수위시절 민정수석 내정자 신분으로 부산 영도 동삼동 매립지에 관한 사항에 대해 협의하자고 나를 좀 보자고 했지. 난 해양수산부 기획관리실장이었고, 당시 내 마음은 새로운 정권의 실세에게 면접시험 보러가는 기분이었다네. 사무실은 지금의 외교부 청사에 있었고 이호철 비서관이 문 앞에서 나를 맞아주었지.

우리 직원들이 기 죽지 말고 평소 소신대로 대하라며 격려해 주더군. 사실 일반 공무원들은 청와대 사람들과 만나면 기 많이 죽어. 또 우리 일반 공무원들은 좀 잘 보이고자 하는 욕구도 있거든. 그때 솔직히 말하면 개인적으로 가까이하고 싶었지. 물론 내 사욕이 좀 있었고, 그러나 친구는 민정수석이라는 자리 때문에 늘 조심스럽게 원칙을 지켰지. 공무 아니면 만나지 말자고 선을 그었지. 나는 한편으로 좀 심하네 하는 생각도 들었지만 기분은 좋았어. 이런 친구가 민정수석이면 이제 우리 권력기관도 많이 바뀌겠구나 하는 생각을 했지.

시간이 좀 흐른 후, 나는 어찌어찌하여 정치판에 끼어들었고 친구는 정치는 하지 않겠다고 발버둥 쳤지. 여권은 물론 야권에서도 원칙과 정도를 고집하는 민정수석이 버티고 있으니 많이 불편했었던 것 같아.

그땐 부산 지역이 집권여당의 입장에선 불모지와 같아서 경남권의 새로운 인물이 필요했던 시기였지, 그래서 여권에서 친구를 부산지역에 새로운 바람을 일으킬 적임자라며 정치를 하지 않겠다는 자네의 등을 떠밀 수밖에 없었지. 보통사람이라면 권력에 대한 욕심 때문이라도 못이기는 척 나섰겠지만 자네는 결국 민정수석이라는 자리를 훌훌 내려놓고 히말라야로 떠나버리더군.

그때 나는 부산지역에 출마하였고, 그 사이 탄핵정국이 몰아쳐 히말라야의 광활한 품안에서 속세를 떠난 사람처럼 지내고 있는 친구를 찾을 수밖에 없었지, 아니 속세를 떠날 수 없는 것이 자네의 운명이었다는 생각이 드네. 그렇게 히말라야에서 돌아온 자네는 그 바쁜 와중에도 나의 선거사무실로 와 많이 도와주었지.

그때, 난 살아가며 들을 욕이란 욕은 다 먹어본 것 같네. 내 평생 빨갱이라는 말도 수없이 들었고, 독도를 일본에 팔아먹었다고 엄청 혼났다네. 내가 해군장교출신인데, 그리고 장관까지 지냈는데 빨갱이라니 말이 되나 싶어 이런 정치판을 떠난 친구가 부럽기도 했다네. 독도 팔아먹었으면 지금 독도는 일본 땅이냐고 멱살잡이라도 하고 싶은 심정이었다네. 심지어는 내 명함을 받자마자 내 앞에서 찢어버리는 사람, 뒤에서 침 뱉는 사람 등을 만나며 내가 왜 지금 이 짓을 하고 있지 하는 회의도 많았다네.

그래도 난 원칙과 정도로 간다는 자부심 하나로, 반칙과 특권이 없는 참여정부의 정신 하나 존중한다며 땅바닥에 큰 절을 하며 버텼지만. 결과는 역부족이었고 인생 공부 많이 했다네. 선거 전후로 친구의 따뜻한 위로가 많은 힘이 되었다네. 지금까지도 고맙다는 말 한 번 못했지만 평생 잊지 않을 걸세.

몇 해 전, 창원에 계시는 내 아버지가 99세의 연세로 돌아가셨을 때 바쁜 와중에서도 직접 찾아와 위로해 준 친구의 모습이 눈에 선하네. 덕분에 우리 가족들은 많은 위로를 받았다네.

작년 7월, 나하고 독도 한 번 같이 가고 싶었다며, 가자고 했을 때 난 너무 기뻤네. 그리고 친구와 함께 한 2박 3일 정말 행복했다네.

한 방에서 이런저런 이야기를 나누며 친구의 참 모습을 다시 알게 되었다네. 바쁜 와중에 지난 번 나의 독도사진전시회에 직접 찾아와 격려해 준 것 정말 고마우이.

이렇게 친구에게 두서 없이 친분을 과시하는 것 같은 자체가 약간 부담스러움도 있지만 난 이제 정말 자리 하나 차지하려는 나의 개인적인 욕심조차 없으니 편한 마음이라네. 묵묵히 뒤에서 응원하며 박수 보내며 자연과 더불어 사는 지금의 삶에 대만족하고 있다네.

대통령의 길, 우리도 옆에서 보았지만 외롭고 힘든 길이네. 운명으로 다가온 오늘의 현실에서 열심히 뛰고 있는 친구를 볼 때 안쓰럽기도 하다네. 그래도 어쩌겠나. 국가의 운명이, 국민이 친구를 부르고 있으니 말일세. 난 잘 할 거라고 믿네, 또 반드시 해낼 거라고 믿네. 운명은 가끔 애를 태워도 늘 정의의 손을 들어준 사실을 믿으니까.

바쁜 사람 붙잡고 말이 너무 많았지. 건강은 늘 챙기게.